阿金文集：有了你，从此不再孤单

著　　者：阿　金
插　　画：王　琳
版式设计：郭　晓

世界图书出版公司
上海·西安·北京·广州

图书在版编目（CIP）数据

阿金文集：有了你，从此不再孤单 / 阿金著；—上海：上海世界图书出版公司，2011.12

ISBN 978-7-5100-4032-0

Ⅰ. ①阿… Ⅱ. ①阿… Ⅲ. ①中国文学：当代文学一作品综合集 Ⅳ. ①I217.2

中国版本图书馆 CIP 数据核字(2011)第 224873 号

阿金文集：有了你，从此不再孤单

阿金 著

上海世界图书出版公司 出版发行

上海市广中路 88 号

邮政编码 200083

北京京都六环印刷有限公司印刷

如发现印刷质量问题，请与印刷厂联系

（质检科电话：010-84897777）

各地新华书店经销

开本：880×1230 1/32 印张：7 字数：160 000

2011 年 12 月第 1 版第 1 次印刷

ISBN 978-7-5100-4032-0/G·297

定价：19.80 元

http://www.wpcsh.com.cn

http://www.wpcsh.com

序

每个人都是一本书，书的内容就是他的阅历以及对世界的认知。如果把年龄比做横轴，而阅历和对世界的认知力比做纵轴，那么随着两轴的不断延伸，书的层次就会越高，涉猎的范围就会越宽广。

每个人也是一个作家。人类之所以有别于其它生物，就是缘于他不仅可以把对世界的认知和看法用语言表达出来，还能用文字表达出来。有些人喜欢用语言来表述思想，也有人喜欢手敲键盘或爬格子的感觉。前者可以很有效地进行交流，对于语言交流技能掌握出奇好的人，也许就成了演说家。而喜欢用文字按照一定的逻辑来表达自己思想的人，也许就成为了作家。

和每个人一样，我也是一本书。“三十而立，四十不惑，五十知天命。”随着阅历的增多，对现今的世界和社会就有了越来越多直观的认识和感知。很想和更多的朋友就现今这个社会的方方面面交流自己片面的思想。然而本人并不善言谈，所以就养成了在纸上或者从键盘上表述自己想法的习惯。

当今社会信息交流的速度几乎超过了人类可以承受的极限。以前一个信息需要很长时间才能传到人们的手里，有的甚至需要好几年。如今的互联网使一个信息在几分钟内就可以传遍半个中国。快餐制也加入了互联网，博客演变成微博，人类的耐心再一次遇到了挑战。

我也是互联网的受益者。每当有新的感想或感受的时候，就立即在键盘上敲出来，随即把还“夹生着”的短文、评论、照片、音乐等统统地发到自己的空间。没想到几年下来，结交了很多朋友，甚至还有了所谓的“粉丝”和“粉条”。他们和周围的朋友时常地问我：“嗨，最近又写什么了？”稍有几天没有更新空间，更难听但还亲切的话就等着呢：“喂，这些日子死哪里去了？”起初我不明白为什么我这些破烂东西还会有人看，后来我发现，只要是真诚的文字就会有人去读；只要是善的事物就会有人接近；而只要是美的东西就会有人欣赏。至于文字水平和文学造诣就是次要的了。

朋友的支持也使我大脑发热，飘飘然了，果真把自己当成了一个“作家”，也有了再出本书的念头。经过和出版社几次联系，居然也得到了他们的支持。最终我的文字可以印刷在白纸上，自己的思想也有了“书”的概念。

书归正传，本书之所以叫做《阿金文集》就是因为我所有的文章都是业余时间做的日记，所涉及的内容广泛而不精。为了更好地阅读，我把本书中分成了四大部分。第一部分是一篇中篇小说《有了你，从此不再孤单》，讲的是一个很美的爱情故事。有人问我里面是否有我的影子。我说，没有我的影子那是瞎说。哪一个作者能凭空捏造故事呢？只不过不能对号入座罢了。

第二部分是“短篇爱情小说”，而第三部分是“情感实录”。两个部分犹如把现今的社会切成了一个断面，被斩了一刀的社会，其真善美丑恶统统地暴露无遗。而这两部分就反映了这个断面导出来的形形色色的故事。

第四部分为“边看边写”，其实这部分可以看成是继 2006 年出版的《金眼睛看中国》和《金眼睛看世界》两本书的续写。由于篇幅很多，故只选了几篇收入到了本集子。

出一本书是很不易的。没有朋友的支持和鼓励，这本书是永远不会出版的。因此，此书出版的唯一目的就是献给我所有的朋友们。同时我要感谢彭福新先生自始至终都在确定本书的题目、内容以及发行方面提供了很有建设性的建议。我还要感谢王琳女士从百忙之中抽出时间为本书做的插图。而由于本人水平有限，观点僻陋，起点不高，难免有这样或那样的错误，这则是需要本人自己来承担的，也请读者不吝赐教，提出宝贵意见。

阿金 Alex JIN

2011 年于英国约克市

目录

中篇小说

《有了你，从此不再孤单》

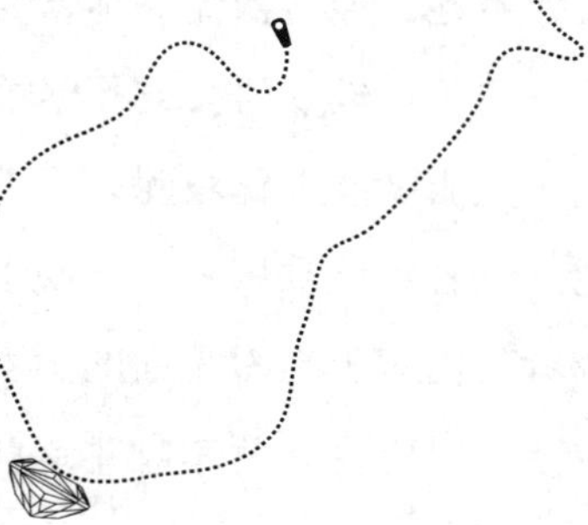

有了你，从此不再孤单

（一）

男女约会是一件很头痛而又刺激的事情。说之头痛，那是因为不知道见了面该干什么；说之刺激，那也是因为难以预料约会之后会有什么结果。男人与女人本来就是来自两个不同世界的物种，其思想、情感、行为方式都差之千里。

这几年，方筝筝一直把欧阳杰看作一个大哥，凡有不顺心的时候，就打电话向他求助，没少烦他。每次打完电话，就有一种如释重负的感觉。今天得知他要来省城，甚是兴奋。她打定主意一定要去省城会会欧阳杰。

正要拿起电话拨给欧阳杰的时候，她犹豫了。她要搞清楚两个问题：她和他到底是什么关系，约会又能干什么。男女之间的关系很微妙，除了工作上那种必须的交流以外，如果男女相互没有好感，那就真没有必要约会了。而这种好感的度数决定了男女交往的层次和深度。双方都太有好感了，那么就会成为情人或者向伴侣的方向发展；而没有好感了，在一起又索然无味，何必浪费时间约会？

对于欧阳杰，方筝筝是有好感的，但又说不清到底是他身上什么东西吸引着她。能再次见到他，是她梦寐以求的，也正是出于这个原因，她也有点怕，怕难以驾驭这种感觉。

见面又能干什么呢？无非是吃饭，或者去茶馆，或者喝咖啡，或者泡吧，或者去练歌房吼上一晚上，或者是到公园散散步这些套路。去咖啡厅或者茶馆对于初次见面的男女很合适，由于喝的东西丰富随意，进退又很方便，星巴克和两岸咖啡这些场所很受欢迎。去酒吧喝酒多有寻求异性以期排解寂寞之嫌。去练歌房唱歌，对于好久不见面的欧阳杰肯定比较唐突。而到公园挽手散步让外人看怎么都像一对儿恋人。

方筝筝思前想后，最后还是觉得请他吃饭比较合适。但是吃什么又是一个新问题。她想到了前两天看到的一本休闲杂志，专门介绍省城有一家专吃西藏牦牛头肉餐馆的，而且一头三吃。一吃就是凉拌牛头肉，这个可以当凉菜下酒用。二吃是番茄汁炖牛头肉。此时她想起了杂志上的图片，那红红的冒着热气的一锅牛肉，令她舌部生津，恨不得现在就去吃了。三吃就是喝牛头汤，那乳白色的牛头骨头汤喝了之后，自己的骨头也会立即变得坚实。

西藏的牦牛都是在海拔三千米以上无污染的高原地带生长的。每天都吃冬虫夏草，喝的也是冰川融化后的泉水，就是拉出来的粪便也比六味地黄丸有营养。“对，就带他来吃牦牛头了。”想到这里，方筝筝为自己所做的英明决策得意得都笑出声了。于是，她拨通了欧阳杰的电话，告诉他晚上六点在省城唯一的西藏牦牛头餐厅一起就餐。

欧阳杰是早期国家公派到英国攻读建筑学的博士生。学成便回国了。在去餐馆的路上，他想起了最初认识方筝筝的情景。那是在教育部组织的一次全英优秀留学生归国高校巡回报告会上，当他把英国大学生是怎样生活的部分介绍完毕以后。一个女学生站起来，用中式的英语大声问：“Do English Universities allow students to make love?”

啊？他一愣。这个女孩子怎么这么大胆，居然当着两百学生的面，问他英国大学是否允许学生“做爱”。

不过，他立即反应过来了，就回答道：“你是想问英国大学是否允许学生谈恋爱吧？”那个女孩子点点头。

“Making Love 是做爱的意思。在这里用不合适。”全场此时一片笑声，女生的脸也泛起了红晕。她就是刚上大学不久的方筝筝。后来，她拜欧阳杰为师，这些年她的英语水平突飞猛进。

出租车在一个小楼前停下了。他下了车，仔细看了看这个有着浓郁特色的藏式餐馆。这是一个木制的双层小楼，小楼的后面是一个院子，全部是用木楔子围起来的。院子中间有一个高高伫立的柱子，顺着柱子最顶端向下是一根根斜拉着的钢丝，上面绑着五颜六色的小旗子，仔细看上面还有很多藏语。欧阳杰多年前到西藏的时候，藏族朋友告诉他，这些随风舞动的成千上万面小旗子实际上就是经幡。每一片经幡随风飘过一次就等于咏诵了一遍经。可见藏人对宗教的虔诚。

院子里面摆着几十张餐桌，基本上坐满了食客。一个身穿藏袍的姑娘向他走了过来问："扎西得列，您订餐了吗？"

他刚回答完扎西得列，就听高处有人喊："欧阳杰，欧阳杰，我在这里。"顺着声音，他看到二楼的一个窗口从里面探出一张熟悉的脸正在对他微笑，手也向他频频舞动。正要落山的太阳，却把最后一束金色阳光毫不吝啬地照在了她的脸上，映出一张无比美丽的脸庞。原来方筝筝已经提前等候他了。

二楼用木板隔出了一个个小房间，相对安静许多。进了房间，欧阳杰很自然地走过去和方筝筝拥抱了一下。好像是已经熟悉得不能再熟悉的老朋友了。

寒暄以后，方筝筝说："这是一家很有特色的餐馆。你现在走南闯北的，估计什么都吃过了。兴许你会喜欢这里。"欧阳杰早就意识到这是她精心安排的，再加上这里本来就不错，他还有什么不满意的呢。

和那本杂志上宣传的一样，服务员先上了一大盘精选的牛头肉，接着端过来一锅乳白色的牛头骨头汤，并介绍说："这个骨头汤是我们熬了多年的老汤，喝了非常有营养。你们空腹先喝一下，能起到养胃的功效。同时牛骨还含有丰富的钙，对骨骼密度的提高大有益处。"

“都熬了好几年的骨汤还能喝吗？”方筝筝不解地问。

“是这样的。多年以前，我们就熬出了第一锅牛头骨汤。以后每一天都把前一天的一部分骨汤加到下一天新的骨汤中接着熬。这样年复一年，日复一日，你们现在喝的骨汤也就有好多年了。”

“原来这样呀。”方筝筝恍然大悟。

喝完汤以后，他们又要了青稞酒。如果青稞酒就着汉人的饭菜喝，一点感觉也没有。然而青稞酒配牦牛头肉却是那样的好喝。欧阳杰也想起了有一次在武夷山的一个茶馆里面喝岩茶，当时感觉好喝无比，于是就买了许多回去。回到家中，同样的茶叶在北京怎么喝都不是武夷山上体会的那种味道。后来他明白了，这是水的缘故。岩茶必须要由武夷山的泉水冲出来才好喝。同样的道理，牦牛肉也必须有青稞酒才更好吃，而酒也就越香。

一会儿，服务员又端上了一大盆蒸腾着的红红的汤煮牛头肉。这也把他们饭局的气氛推向了高潮。

欧阳杰把方筝筝的酒杯斟满，又把自己的酒杯倒满。方筝筝本来是不喝酒的，今天也破例了。

“谢谢你带我到这个好地方来。为我们再次见面干杯。干！”说完一饮而尽。看到欧阳杰那么高兴，方筝筝也很开心，也端起酒杯喝了少许。

饭吃到最后的时候，服务员托着一个用红绸子盖着的盘子进来了。已经吃得很撑的两人纳闷儿怎么还会有饭菜上来。

服务员优雅地把盘子放到桌上，然后揭开了红绸缎。啊，原来盘子上是一个已经搞得很干净的牦牛头骨架。“刚才你们吃的牦牛头肉就是从这上面剔出来的。我门已经做了处理。如果你们需要的话，可以拿回去留作纪念。”

欧阳杰赶紧摆摆手说：“不用了，谢谢。”因为这时候，他想到了一个故事，一个古老的苏格兰故事。

方筝筝不明白欧阳杰为什么显得那么紧张，就问："你怎么啦？"

"没有什么。这让我想起了苏格兰一个古老的故事。想听吗？"欧阳杰其实也没有太紧张。一个牛头骨架根本也没有办法拿回去，再说了，已经把人家的肉都吃了，还把骨头也拿回去，这也未免太残忍了吧！

"想听，想听。你快讲！"方筝筝催着他把故事讲出来。

"在苏格兰有一个古老的风俗，如果在晚宴上端出了一个牛头，那么参加晚宴的一些人就一定要死。"听到这里，方筝筝感到毛骨悚然。就说："我可不知道这个故事。再说，这是在中国，又不是什么苏格兰。"

欧阳杰接着说："大约五百多年前，在苏格兰的爱丁堡城堡里面，苏格兰皇室曾经演绎过一幕'黑色晚宴'。当时的国王詹姆斯二世知道黑色道格拉斯兄弟正密谋篡权，于是就安排了一个鸿门宴。晚宴一切正常，快到结束的时候，男侍者端出了一个牛头。这时道格拉斯兄弟大惊失色，因为他们知道，端上牛头，就意味着某人的头就要被砍下来了。当时克里登大臣立即让卫兵把他们兄弟拿下，指控他们要谋反篡位，接着把他们的头就给砍下来了。黑色道格拉斯从此消亡。后来的十多年里再也没有人谋反了。"

方筝筝终于明白了为什么刚才牛头端上来的时候，欧阳杰表情显得怪怪的了。同时也感叹历代封建王朝，不管是中国的还是外国的，即使在现在，也都在发生着权力之争，而最后遭殃的还是普通老百姓。

"吃完饭我们出去走走吧！"欧阳杰转了话题，提议出去散散步。

方筝筝看看窗外，已经是夜色阑珊。她的心情也犹如这斑斓的夜色一样美丽。她建议说："附近就是护城河，不如我们沿着河畔走走吧。"

结完账以后，欧阳杰对餐馆老板说："如果以后有苏格兰人到你们这里吃饭的话，千万别把牛头骨架端上来。"

听到这话，老板一脸迷茫，方筝筝哈哈地笑了起来。欧阳杰顺势牵着她的手走了出去。

（二）

南方的春天和北方就是不同。北方的春天并不会比冬天慈善多少，时常带有残酷的沙暴，彰显野性；相反南方的春天会温和许多。此时的 C 城，护城河两岸的花卉早已经盛开，花香伴随着和煦的春风一阵阵扑面而来，令人春心荡漾。

欧阳杰牵着方筝筝的手离开牛头餐馆，便漫步于护城河畔。方筝筝突然意识到自己的手一直在欧阳杰的手中攥着，而走过的行人不停地打量着他们，要不是天色已暗，估计她的脸色会比熟透的番茄还红。她便慢慢地抽了出来。

方筝筝的手细长而纤柔，握在手里的感觉非常好。欧阳杰就想这样一直地握着。他感觉方筝筝要把手撤出来，而且比较坚决，便很不情愿地松开了手。

方筝筝其实也是带着问题来的，有好多问题自己都不能解决。她是一个很要强的女孩子，大学的时代，成绩优异，最高的奖学金似乎就是为她一人专门设立的，每年她都用这些钱买了不少必需品。她又多才多艺，经常参加学校的舞蹈表演。再加上她出众的外表和骨子里那种优越感和清高感，男生们在他面前都很自卑。曾经有一个男生壮胆和她交往了一段时间，对她宠爱之极，但是由于她的任性和经常的出言不逊，最终把这个男人吓跑了。

上班两年了，人生的各种经历磨去了她身上的棱角和不少傲气，但是她所处的工作和生活环境比较狭小，能让她中意的男人依然很有限。眼看她的同学结婚的结婚、产子的产子，每参加一次同学的聚会，她就多一层寂寞。而她最最不愿意做的就是充当好朋友的伴娘了，虽然周围到处是欢声笑语和噼啪作响的鞭炮声，她的心却是最孤独的。她好像找不到自己在社会中应有的位置，开始怀疑自己。她很想问问欧阳杰这到底是怎么回事？她到底适合找一个什么样的人？是不是随便把自己嫁出去就行了？

方筝筝在等待欧阳杰的答案。这时候，她看见了岸边有不少桃花已经谢了，枝头上居然挂了不少葡萄大小的青桃，突然想起了贾宝玉病愈以后只看到了青杏，便觉得辜负了杏花。宝玉感叹女孩子好比是含苞欲放的花蕾，一旦成亲，就如开花结果，果子成熟就剩下了空枝，也就红颜衰退，鬓发如雪了。女人啊，没有成亲便要成亲，而成亲了，便又是这个结果。她也不禁伤感起来。

听了方筝筝的问题，同时也感觉到她的语气有些伤感，欧阳杰便说："花开堪折直须折，莫待花开空折枝。这句话似乎很有哲理，但是却很颓废，很狭隘。"

他感到方筝筝明亮的眼睛正在注视着他，微微地仰着头在认真地倾听。"首先，花开花败是自然规律，花开过以后便有果实。花开固然有它斗妍的一面，但是最终的目的是希望它能够结出更丰硕的果实。其次，说这句话狭隘是因为它只反映了事物的某一个阶段和侧面，桃花并不是开完以后永不再生了，它每年还要开花，还要放出它的光彩。每次凋谢之时也正是它酝酿新的蓓蕾之日。花如此，女人如斯。女人在生命的每一个阶段都有她特殊的魅力。"

"你说的蛮有道理的。所以即使到了 60 岁，老女人依然有味道。"方筝筝半开玩笑地附和着。

欧阳杰接着说："世界上只有娶不到老婆的男人，没有嫁不出去的女人。你不必后悔以前你的任性没有留住你中意的男人，更不必担心今后你欣赏的男人永远不会出现。一个人一生中至少有六千多个适合你的男人，他们分布在世界各个角落。你现在还没有遇到其中的一个，或者说遇到过，你却没有把握好机会。也许明天他就会突然出现在你的面前，也许后天就会有十多个适合你的男人同时向你投来橄榄枝。到那个时候，你就会应接不暇，不知道该拒绝谁了。”

方筝筝听到这儿，禁不住地笑了起来。看到方筝筝开心了，欧阳杰也笑了。天色终于完全暗了下来，河岸两侧的路灯也慢慢地睁开了眼睛，并把柔和的灯光洒给了河岸的小路和小路上散步的行人和情侣。

借着灯光，方筝筝又仔细地打量了欧阳杰，发现他今天非常有魅力，特别是他谈吐之间的手势和表情是那样的自信，她真希望能永远拥有这样一个值得信赖的大哥哥，在她失意的时候开导她，在她得意的时候，不仅可以一起分享她的快乐，而且还能经常提醒她说：人可以得意，但一定不能忘形。

欧阳杰提醒她说：“已经八点多了，我送你去车站吧。如果九点坐上车的话，你到家也要很晚了。”而方筝筝似乎还没有享受够这美好的夜晚带给她美妙的感觉，她真想在这月色阑珊下，嗅着花香，与他叙上一夜。

C 城这两年正在大兴土木，修建地铁，交通经常瘫痪。由于交通堵塞，当他们急急忙忙赶到长途车站的时候，末班车已经走了半个小时了。他们又赶紧奔向了火车站，经询问才知道，只有在夜里四点才会有一列火车经过方筝筝的小城市。实在想不出再好的办法了，欧阳杰说：“要么到我那里吧。你睡在床上，我睡在地上。”

方筝筝从来就没有怀疑过欧阳杰的人品，况且她好像还有许多话要对他说呢。

他的房间很宽敞，站在落地的窗前，整个 C 城尽收眼底。虽然已经 11 点多了，但是窗外依然灯光通明。几年前，有人曾经提出过衡量城市是否发达的一个新指标，即根据卫星照片上城市的亮度来判断一个城市是否发达，结果美国拉斯维加斯是全世界最亮的，所以也是最发达的。C 城经过多年的发展，夜生活已经成为人们正常生活中不可缺少的一部分。一入夜，便可看见忙了一天的人们吃着宵夜，或者沉溺在各种酒吧的歌舞升平中，或者感觉良好地在练歌房高声地扯着嗓子。总之夜色中的城市是亮的，心情是放松的。此时方筝筝的心情犹如这被灯光燃亮的夜色，愉快而放松。

欧阳杰走过来说："我把床给你整好了。累了一天了，你好好休息吧。我再工作一会儿。我如果困了，就在沙发上休息了。"说着他过来拉上了硕大的窗帘，就像拉上了舞台的幕布。幕布后面正准备上演这一场根本没有彩排过的戏。

然后，他拿过来一件自己的体恤衫，递到了方筝筝的手里："就拿它当睡衣吧。"

方筝筝很听话，接过了体恤衫，走进了盥洗室。过了一会儿，她走了出来。正在电脑前工作的欧阳杰情不自禁地回了一下头，他愣住了。洗完澡的方筝筝把头发扎了上去，一张可爱的脸正在冲他微笑。他那件体恤衫套在方筝筝的身上就如睡衣一般。淡黄色的灯光把方筝筝照得美丽、高雅、清纯。

"好一个出水芙蓉，简直太美了。"他以前从不相信"蓦然回首，那人却在灯火阑珊处"的意境会真的存在，而现在他终于被眼前的美人折服了。

"看什么看，没见过呀？"方筝筝半开玩笑地说。

欧阳杰突然意识到自己的失态，赶紧说："哦，不好意思。谁让你那么诱人呢？"便转过身继续工作。

"晚安"的话音还没有落地，那边累了一天的方筝筝就发出了轻而均匀的呼吸声。

欧阳杰又回过头，看到了床上睡得如此甜美的方筝筝，心中萌发出一种要好好照顾她的冲动，似乎眼前的这个女生就是他命中注定的恋人。他走过去，再次端详了一下这个睡美人，然后轻轻地关上了床灯，让她睡得再甜一些。

他回到了电脑前，却再也无心工作。几年前，一次失败的爱情，让他对爱情不再抱有幻想，便把所有的精力都投入工作之中。他觉得独身一人很好，可以独立于女人和爱情之外。

然而，他也有彷徨和孤独的时候。有一次他在海边的一个大房子里居住，当晚刮起了台风，电源也被切断了，屋里一片漆黑。窗外黑得伸手不见五指。偶尔，大海的远处不时地闪着鬼火。突然一只鸟“砰”地一声撞到了他面前的窗子上，惊得他出了一身冷汗。躺在床上，他怎么也不能入睡，好像房屋的四周都是鬼怪，随时准备侵袭他。那天晚上，他真希望能有一个心爱的人和他在一起，有了这样一个值得他爱的女人，他便有了力量，从此不再孤独。

此时的欧阳杰似乎要否定自己的承诺，他觉得眼前的方筝筝就是他苦苦寻觅的她，说不出什么原因，就是那种从未有过的异样感觉，一种发自心底的要照顾她，呵护她的感觉；一种能带给他力量的感觉。

他斜躺在沙发上，虽然困意已至，却不愿意让这种美丽的思绪溜走，就这样他微笑着睡了过去。他好像正和方筝筝在一个公园的长椅上聊天，突然地震了，椅子也摇了起来，他拉着方筝筝说：“快跑”，话音未落他们就被震得掉下了长椅，他一下子醒了。

原来是方筝筝醒了，看到他睡在沙发上，心里实在过意不去，于是就摇醒了他：“你这样就睡了，也不盖上被子，要着凉的。”

他赶紧坐直了说：“没关系，没关系。”

方筝筝说：“你这张床那么大，够四个人睡的。你睡这边，我睡那边。井水不犯河水。”

趁着正浓的睡意，他滚到了床上，接着睡了。一会儿，他闻到了一种特有的香味，那好像不是香水的味道，他又仔细地闻了闻，原来是方筝筝的体味。这种味道好像是某种清醒剂，越闻越清醒。接着，他把身子往方筝筝那边凑了凑。不小心一下碰到了方筝筝的手，他像触电一样赶紧缩了回来。可是方筝筝却一点反应都没有。他的确不能抵御方筝筝身上的那种香味，便用自己的手握住了方筝筝的手。

方筝筝的手软软的，特别是睡了一会儿以后，更是绵绵的，握在手中心里很踏实。手是人类最能传达感情的部位了。摩梭人就是在一群人围着篝火手拉手跳舞的时候，用手语交流的。如果你喜欢哪一个女人，你就在她的手心上挠三下，假如那个女人也使劲握紧你的手，那就说明她答应了你，你就可以和她回她的房间做美事了。还有人说，你如果对一个女生没有感情，宁可和她发生性关系，也别轻易牵她的手。因为牵了她的手，她就会认为她已经是你的人了。而你就要对她负责一辈子。

此时的他紧紧地握着方筝筝的手，方筝筝却依然没有回应。欧阳杰这个时候真想把她搂在自己的怀里，让她依偎在他宽宽的胸膛上甜甜地睡。

如果他真拥抱她的话，方筝筝会不会拒绝他？会不会骂他不检点，不守信用，说他不是一个君子而趁人之危呢？他发誓他没有别的意图，就想真心的抱着她，然后天亮的时候向她表白自己的情感。

男女本来各自就像一盆平静的水，之所以双方情感能发生变化，就是导火索的作用。这个导火索可以是一件事，一句话，一个眼神，一种味觉，一种场景。如果方筝筝今天赶上了末班车而回到了她的小城，那么他们就可能永远不会逾越以前那种平淡的友谊。而今晚，这种体香和特殊的情景让欧阳杰的情感产生了化学反应。

那边又传来了方筝筝的体香，他不想再压抑自己了，一下子就把方筝筝搂在了自己的怀里。方筝筝没有拒绝，仍然闭着眼睛。他使劲地拥着她，脸贴着她的脸，胸贴着胸，他可以明显的感觉到方筝筝怦怦跳动的心脏，是那样的急促，好像马上就要蹦出来了。他想用手摸摸她的心，却摸到了方筝筝酥软的胸，而她似乎没有带文胸。他又得寸进尺地摸了摸，却感到方筝筝的心跳又加快了许多。此时，欧阳杰的心跳速度一点儿也不亚于方筝筝的，他索性把手放进了那件体恤衫里，他的手终于触到了方筝筝那对儿圆圆的、挺挺的、滑滑的乳房。

美丽，不一定只有眼睛才能看到；触觉同样能够体验美丽。方筝筝的胸是世界上最美丽的，至少在他的心中是。他抚摸着她的胸，尽最大的可能体验这种美丽，然后把手拿出来，又紧紧地抱着她："筝筝，从今以后你就是我的了，我会永远照顾你的。"他在想。尔后，又用手体验方筝筝乳房的美丽，然后又拥抱在一起。不知道这样来来回回反复了多少次，终于他们抱在一起睡了过去。

"嘟嘟，嘟嘟"一阵电话声把熟睡的两个人吵醒了，原来是叫早服务。欧阳杰看了一下手表，已经早上八点了，他今天还要赶飞机。两个人赶紧爬了起来，洗漱完毕后，又急忙收拾了行李。两个人又同时走到了门口，四目相视，欧阳杰想和她解释昨天晚上发生的事情，还未开口，方筝筝就用手捂住了他的嘴。

也许是因为欧阳杰要去千里以外的地方，不知道什么时候又能来 C 城看她，她的眼睛噙满了泪水，就像已经成熟的樱桃，稍微一碰就要掉下来了。欧阳杰一把把她拉了过来，方筝筝依偎在他的怀里，那犹如熟透樱桃般的泪珠唰唰地流了下来。

尽管他要远行，尽管他们要暂时地分开，尽管他们相拥却没有言语，可是他们的心都在不断重复着一句话："今天有了你，从此便不再孤单。"

（三）

欧阳杰从 C 城回来之后，决定每天至少给方筝筝发一个短息。虽然他不能整天陪伴着她，但是每天的短信可以让方筝筝体会到他时刻的存在。起初几天，方筝筝还回复一下，后来索性几天才回复一次，而且短信越来越短，有时干脆就一个字。本来他们就是在短暂的时间内，凭着同宿一个晚上这根导火索才使感情稍微升华的。感情还没有巩固，就又分开了。就像一棵小树，栽种了却没有人照料一样。欧阳杰对自己也不再自信了，在一个晚上，他拨通了她的电话。

“你怎么最近不回复我的短信啊？”他问。

“我觉得也没有什么重要的事情，就没有回。再说，我最近要参加一个重要的考试，很忙。”方筝筝回答道。

欧阳杰这时候把心放了下来。不过他接着说：“感情是需要交流的，有的时候一个字就可以代表一个语言，一种心情，一种承诺。”

“我同意你的说法，可是我还没有搞清楚和你是一种什么关系呢。”方筝筝说的也有道理。以前她一直把他当作自己的好朋友，更确切地说是良师益友。她不想把自己的感情稀里糊涂地陷进去。

欧阳杰不同意她的看法，他认为即使是普通朋友之间的感情也是需要交流和珍惜的。朋友的“朋”字为什么是两个“月”字的组合？这意思很明白，超过两个月不联系的，就不能算作朋友了。人们往往认为已经到手的感情就可以忽视、不珍惜、甚至虐待。等到有一天明白了以后，本来唾手可得的东西和感情就有可能永远成为遗憾。

欧阳杰给她讲了一个寓言：很久以前，在一个村子里只有两户农家，两个农夫靠种粮为生，年复一年，日子还能过得去。有一天，天空突现一团祥云，一个神仙来到了他们面前，告诉他们每人可以许一个愿，然后立刻就能实现。一个农夫说，我要一大缸金币。神仙说，你一会儿回家就看到了。另一个农夫说，我只需要我现在的农田，只要每年有充沛的雨水就够了。神仙说："你就这么点要求吗？"农夫回答说："是的。"

第一个农夫回到家，看到了水缸里全是金币，欣喜若狂，从此花天酒地的生活，终于有一天金币全用完了。而他那份农田由于连年干旱，数年都颗粒无收。而另一个农夫这几年风调雨顺，连年丰产，多余的粮食都卖了，还换回了一屋的金币。要金币的那位农夫后悔当初把良田放弃了，现在都活不下去了。要农田的农夫对他说："你一定要珍惜你眼前拥有的，因为它才是最真实的，最珍贵的。"后来，这位农夫成了地主，另一位成了他的佃户。

方筝筝听完了以后感觉很有道理。回想起她最初交的男朋友，曾经对她如此宠爱，可是她不但没有珍惜这份感情，反而多少有点虐待的感觉。每当想到这里，心里或多或少有些遗憾。假如她那个时候放下她的架子，假如她为他多想一些，假如她为他多做一些事情，假如她能珍惜那份情意，也许他们已经结婚了。

欧阳杰觉得他和方筝筝缺乏沟通和交流，如果每天就凭着两个短信，感情是维系不了多长时间的。距离是能够产生美的，而如果距离太远了，这个美就没了意义。他准备去方筝筝所在的 D 城看看她，为了她，也为了证明自己的感情。

两个月后，欧阳杰来到了方筝筝生活居住的 D 城。这是一个只有三十多万人的小城市，城市虽小，市区倒是很喧闹，街道两旁有不少商店都在搞促销活动。街上有不少拉人的三轮车，随时都可以听到"叮铃铃、叮铃铃"的声音。和沿海一带的小城市相比，这个小城市还有很大的发展空间。

方筝筝还在上班，几个小时后才能下班，欧阳杰就特意在城区转转。

他看到一个好像历史很悠久的庙宇，就想看看究竟，没想到还要收票。他想要一张宣传资料先看看，售票员居然说："不买票，不给资料"。真是岂有此理，这就好像卖书的连封皮都不让别人先看似的。

晚上欧阳杰在约好的地点等着她的到来。想一想有两个多月没有见了，多少有些兴奋。见了她，他一定要好好的抱抱她。他就是这么想的。

远处款款地走来了方筝筝，她身着黄颜色的连衣裙，有着一种飘逸的感觉。她戴了一条有着一种香格里拉风情的项链，上面镶嵌着各种颜色的宝石，这和她衣服，还有她白白的肤色很相配。眼前的她和两个月前的她又不一样了，现在的她似乎冷了许多。也因为如此，他突然感到她很陌生。见面并不像他预想的那样，他没有拥抱她。

他们一起吃了饭，然后到一个茶坊喝茶。原来的假性陌生感慢慢退去，他们感觉又和老朋友一样了。

欧阳杰开始问她："这些天想我吗？"方筝筝看着他不知如何回答是好。

这两个月方筝筝也一直在考虑自己是否喜欢上欧阳杰了。方筝筝本来就觉得欧阳杰是一个很值得信任和依赖的好朋友。自从上次见面以后，她觉得他们之间关系的性质发生了变化。如果说方筝筝不想欧阳杰的话，她又不能解释为什么欧阳杰会经常出现在她的脑子里。特别是在她不开心的时候，特别是她需要别人安慰的时候，她就特别想欧阳杰。可是她觉得他更像她的大哥哥，在她需要的时候，可以呵护她、宠她。她搞不清楚这是一种什么样的感情。于是方筝筝就说："想你干什么？"接着转了话题，问："你说什么是爱呀？"

欧阳杰心里暗笑，都什么年代了，还问这个问题。不过他还是把他自己的理解完完整整地告诉了方筝筝。

“我理解，首先要区别爱和爱情。对一个人的感觉可以分为：特别讨厌、讨厌、一般、喜欢、特别喜欢这几种程度。当感觉的程度达到了特别喜欢以至于日思夜念、茶饭不进的时候，就可以称之为爱了。爱是单方的，当这个信号传给了异性却没有回应，这就是我们经常说的‘单相思’。”

“那你说什么叫做爱情呢？一个人一生中能有几次爱情呢？”方筝筝喝了一口茶，接着问。

“哦。我的理解是只有发出的信号得到了对方的认可而且产生了共鸣，那才是我们所要讨论的爱情。这就好比我们把一块石头投入水中，如果一石激起千层浪，那就说明有爱情了。”欧阳杰也端起了茶杯，吹了吹上面浮着的茶叶。

“另外还要区分‘初恋的爱情’和‘成熟的爱情’。每一个人都有自己第一次的爱情经历，即初恋。初恋往往是不带任何条件的，它是由内心萌发的一种莫名其妙的感觉，为了这种感觉，双方可以牺牲自己付出一切。可惜的是大多数的初恋都是短命的，因为初恋的条件一般很单一。当时间、地点、境遇等条件发生变化了，初恋也就宣告结束。而成熟的爱情则不同，它是在积累了一定的经验以后，在相对稳定的条件下发展成的爱情，故这种爱情就会长久些。不过，如果要是用为对方勇于牺牲的程度来定义爱情，我宁愿说初恋才是真正的爱情。”

“听你这么一说，还真有道理。你相信爱情是永恒的这种说法吗？”方筝筝是一个很传统的人，所以很希望这个答案是肯定的。

“呵呵，”欧阳杰笑了，“你的问题越来越复杂了。幸亏我以前思考过这个问题，还写过这方面的专栏呢。”

欧阳杰又喝了一口茶，清了清自己的嗓子，摆出了一幅大学教授的样子。

“真受不了你。快说、快说，别装模做样的。”方筝筝催他快说。

“我不相信爱情是永恒的。它是有时间性的。和一件产品一样，它也有萌芽期、发展期、成熟期、衰败期和结束期。美国一个教授对5000对夫妻进行了医学测试，得出的结论是：大多数人真正的爱情最多只能保持18至30个月。这个教授认为，爱情是大脑中的多巴胺、苯乙胺和催产素形成的，时间长了以后会产生抗体而失效。所以刚结识的时候为萌芽发展期，也许15至20个月的时候达到成熟高峰期，到了30个月以后，爱情就衰竭了。为了能够让爱情延续的时间长一些，唯一的方法是在爱情开始走向低谷的时候想尽办法为爱情注入新的活力，从而使爱情的高峰期延续或进入第二个爱情期。实在不行了，要做好爱情的转换，即从爱情转变为亲情或友情。对于已结婚的夫妇来讲，就是一个转换为亲情的过程。虽然感情不再有轰轰烈烈的时候，但彼此已经成为彼此的一部分，形成了一种新的感情平衡，而打破这种平衡是需要高昂代价的。”欧阳杰把他原来写的文章恨不得一下子都背诵出来了。

“所以呢，我觉得爱情是有固定量的，用一点少一点。它就像农民家中的大水缸，需要付出劳动才能把水一担担地挑回来，然后把水缸蓄满。有的人可以把水蓄满，而有的人连一半都达不到。水到了一定的程度不能再增加了，爱情就到了它的成熟和高峰期，然后你就要开始消费你的爱情。如果爱情的水蓄得很满，你的爱情消费得就慢，也就延续得越长。反之，则会很短。珍惜并懂得爱情的人就会在水未竭的时候，再去挑水续上。但是事实告诉我们，蓄的水会越来越少，因为蓄水已经不是在发展期时的一种自觉的过程，甚至它是一种没有必要的过程。”

“看样子，你还真在这方面下了不少功夫呢。”方筝筝接着说，“其实我也有我自己的理解。我更觉得爱情是某一个阶段后的追忆，独处时的回忆，以及孤独时的需要。当人沉浸在爱情之中的时候，并不一定意识到它存在的重要性，而在分手、独处、独居，以及孤独的时候才能体会到它。

有的人也许临终前才意识到自己真正爱的人是谁。因此，爱情更多的是一种回味，就像你在品尝口中的青橄榄时，才会想到种植它的过程中的喜怒哀乐。”

“哎呀，没想到原来你也是爱情大师啊。”欧阳杰调侃地说着，其实这一点他也很赞同。

方筝筝把头转向窗外，好像自言自语地说：“当时我的第一个男朋友是教我跳舞的老师。他人很高也很帅，最重要的是他对我太好了。记得在一个寒冷的冬天，我还在C城上大学，有一次都夜里12点了，我就随便说了我想吃蛋糕。他立即说：‘我出去看看有没有’。我就撒娇地说，买不到就别回来找我了。他就骑着自行车出去了。可一个多小时过去了，他还没有回来。我觉得他可能回家睡觉了，因为这个时候哪家蛋糕店还营业呀?！我也就睡了。早上八点多钟，我起来了。一会儿他回来了，他的脸色发青，手哆哆嗦嗦地从自行车后架子上拿来了一个大大的蛋糕。我埋怨他说，怎么这么长时间才回来。他说他整个城市都跑遍了，全都关门。后来就在一个蛋糕店前蹲了几个小时，等到早上八点开门才买到。”

说到这里，方筝筝也比较动情，面现悔愧之色。“虽然我当时很感动，但是那个时候的我太自我了，也没有对他说声感谢之类的话。那天真的很冷，他把蛋糕放下了以后，拖着冻得哆哆嗦嗦的身子就走了。后来我知道，那天他的手脚都冻坏了。我后悔那天我没有抱抱他，用我的身体把他的心暖热。”说到这里，她眼睛湿润了。

“是呀，人只有经过了这些才懂得了如何珍惜。实际上，男人在女人面前就像你的宠物一样。别以为他会多么坚强，多么顶天立地。他们是需要回报的。就像你的宠物帮你把一件东西用嘴叼过来，而你必须要给他安慰和鼓励一样。所以，当男人为你做一件事情以后，一定别忘了亲亲他，抱抱他，哪怕是一句贴心的话也行。这就是一种感情的交流。”欧阳杰也跟着她的话题做了补充。

方筝筝拿纸巾擦了一下要掉下来的眼泪："这些都是我后来才明白的。我和他在一起的时候，我觉得什么都无所谓。既然他爱我就应该为我付出这些。我们分手以后，我经常会想到他，无论是在我孤独的时候，还是在我得意的时候。这时候我才懂得，爱情原来是一种思念，一种追忆，一种留恋。"

"你们后来怎么分手的呀？"欧阳杰要打破沙锅问到底。

"有一次他的一些朋友从外地过来和他一起聚会，而我又不愿意参加。那天我去练舞蹈，平常一般十点就练完了，都是他来接我，然后送我回学校。那天快十点的时候，我给他打电话。他告诉我大家还在兴头上，能不能晚点接我。我就说不行。如果十点半还不来的话，就再也别来找我了。到了晚上十点半了，他还没有来。我一气之下就自己走了。一会儿，他打来了几次电话，我都没有接。他就发来了短信解释说，他急急忙忙地送走了朋友就赶过来了，结果晚了十分钟。第二天，我仍然没有接他的电话。第三天也没有接。到了第四天的时候，他不再打电话了。我觉得没有他的电话，反而少了什么，就给他打了过去，结果是关机，以后再打就是空号了。我知道由于我的任性和自我，永远失去了他。去年我听说他已经结婚了。"方筝筝一口气把她的这个经历和遗憾全都抖了出来。

这次欧阳杰没有接着她的话题往下说，他从对面移到了方筝筝坐的沙发上，用手轻轻地搂住了她的肩。

第二天晚上，他们约好在 D 城湖边见面。D 城有一个很大的湖，湖的远方是隐隐约约可见的山体。一个城市不在大小，关键是看它有没有水。有水就有了灵气。所以说，"山不在高，有仙则灵；水不在深，有龙则灵。斯是陋室，唯吾得馨"。也许 D 城最近几年才意识到水的重要性，城市开发的重心也慢慢地转到了湖的周围。不过种的树木却很少，岸边光秃秃的。

尽管这样，在夏季傍晚散步仍然能感觉到从湖面带来的一丝丝爽意。他们在椅子上坐了下来，又接着昨天的话题聊了很多。

天渐渐地黑了下来，湖面上反射出对面建筑的灯火，不远处一对对情侣或携手漫步，或坐在岸边亲密拥吻。也许情侣的关系到达一定程度就必然要有肉体的接触。欧阳杰很自然地用手搂住了方筝筝的腰部，然后顺势抱住了方筝筝。欧阳杰想让这种拥抱方筝筝的感觉持续到永远、永远。欧阳杰开玩笑地问："方筝筝啊方筝筝，你知道怎么样用肉体来判断一个男人是否真正地爱你吗？"

方筝筝看着他说："你又想什么歪的呢？"

欧阳杰说："真正爱你的男人是那种在和你亲密接触的时候，都没有性要求的人。因为爱一个人，就想把她作为一部分，拥有她，他就很满足了。如果有了性的要求，可能就玷污了这种情感。"

"你不会是为那些功能不健全的人开脱吧？"学医出身的方筝筝差一点就问欧阳杰身体是否有问题了。欧阳杰说："我身体好着呢！有一天我会证明给你看的。"

方筝筝开玩笑地说："恐怕没有这一天了吧。你不是看《红楼梦》吗？我就是那个王熙凤，你就是那个贾瑞。如果你要是有了邪念，看我不整死你。我到时候也送你一面镜子，一面是我，一面是你的骷髅。你的邪念越强，你离变成骷髅的目标就更近。"欧阳杰知道方筝筝是一个心底非常善良的人，不可能成为王熙凤，说她是史湘云还差不多。

天色已经完全黑了下来。欧阳杰把方筝筝送到了家的门口。方筝筝说："我已经陪了你两天。下月要考试了，书还没有看完呢。明天我就不能陪你了。后天再看看吧。"两天的时间怎么过得这么快呀！每当和自己喜欢的人在一起的时候，爱因斯坦的相对论就起作用了。欧阳杰已经开始抱怨爱因斯坦老爷爷了。

欧阳杰说："我已经很开心了。没有和你在一起的时候，心里会想着你，所以充实；现在看见你了，所以踏实。"说着他把方筝筝拉过来抱住她，准备吻方筝筝，方筝筝反应很快，立即躲开了。

"你是真的呵护我，还是假的呀？"方筝筝问他。"真的呀！"欧阳杰一脸的迷茫。

"一看你就不了解我们女人。女人的吻是一种承诺。一旦和你接吻了，她就会喜欢上你，就会思念你；而一旦女人同意并且和你做爱了，就表示愿意做你身体的一部分了，也就离不开你了。我们两个相距千里，如果和你接吻了，我天天想你怎么办？"

欧阳杰觉得方筝筝说的还真有点道理。女人最喜欢被自己喜欢的男人拥吻了，方筝筝也不例外。他相信方筝筝也希望他吻她，但是却很理智。欧阳杰不能对方筝筝做任何承诺，至少短时期内不行。但是欧阳杰会努力的，终将有一天他们不会再在各自不同的角落孤单着，而会永远的在一起。即使是这样想的，他还是希望能够亲一亲她，真的希望她现在就能给他一个承诺。当他又试图吻方筝筝的时候，方筝筝又很快地把头转到了另一边而躲过了欧阳杰的"偷袭"。欧阳杰多少有点失望。

又是新的一天，方筝筝和平常一样坐到了她的办公桌前。她打开了文件，脑子里却满是欧阳杰的影子。一会儿一个人走进办公室问："这里有叫方筝筝的吗？"

"我就是。"方筝筝回答着。

"我是送花的。一个叫欧阳杰的人给你的花，让我送给你。"说着他把一束鲜花抱了过来。方筝筝接了过来，那是 36 朵红玫瑰，代表着一年 365 天的思念。

上面有一张欧阳杰留的字条。上面写道：筝筝，苏叔阳曾经写过：爱是一条漫长无尽的小道，需要用整个生命去走。从认识你的第一天，就注定了你我相识的缘分。无论缘分长短如何，我都会用心来铺平我们的情缘之路。由于你最近要准备考试，当你看到这个留言的时候，我已经在回家的路上了。认识你，真好。从此，我的心不再孤单。

方筝筝没有想到他会走的这么急，就是昨天她还想为他做一个最拿手的水果沙拉，再见面的时候送给他吃呢。而今，欧阳杰又要离她而去。再次见他的时候可能又是几个月以后了。她后悔今天没有能够去送他。但是她最后悔的还是昨天晚上没有给他一个深情的吻。

（四）

欧阳杰一回京城，就投入到繁忙的工作中去。他所在的建筑公司在国内是一家非常有实力的公司，这些年随着国内市场的逐步饱和，不少企业也把目标转向了国外，尤其是和欧美一些国家在非洲大陆展开了竞争。

自从 1998 年中国和南非经济正常化以后，两个国家的贸易量每年都呈两位数增长。国内不少企业纷纷在这里投资兴建工厂、酒店甚至农场。其中一个企业就计划投资两个亿，在南非的约翰内斯堡建一个多功能高档次的酒店。这引来了国内建筑企业极大的兴趣而积极参与投标。共有七个国内大型公司参加了初投标，然后从中选出三个公司在南非进行实地考察以后再次竞标。欧阳杰所在的公司也参与了投标并且荣幸进入了第二阶段。

欧阳杰在国外留学的专业就是项目评估和可行性分析，再加上他出众的外语水平，得到了公司高层领导的极大重视。经过董事会的讨论，确定了欧阳杰为这次竞标的负责人。公司老总在宣布了董事会的决定以后，走过去紧紧地握住欧阳杰的手，说："不要辜负领导对你的信任。全拜托给你了。"

欧阳杰的心里也明白。这几年国内建筑行业竞争非常激烈，他所在的公司有两千多名职工。如果这个项目拿不下来的话，公司可能就要喝西北风了。而且公司为了竞争这个项目，前期投入已经花了几百万了。

晚上欧阳杰给方筝筝拨通了电话。方筝筝还在值晚班。上次欧阳杰把那一大把红的醉人的玫瑰送给方筝筝以后，办公室的同事们都知道了方筝筝交了男朋友。而且欧阳杰还时常地再寄给她一些小的礼物。方筝筝的对面坐的是一个新来的职员，看见这些鲜花和礼物又羡慕，又嫉妒。她多么希望自己的男朋友也能这么浪漫。而最了解方筝筝的人还是她自己了。尽管她没有拒绝欧阳杰的感情，但是她也从来没有承诺过欧阳杰。在她的心里似乎有一个人一直在等她，而这个人不是欧阳杰。但是方筝筝觉得和欧阳杰在一起很放松，很舒服。每天她虽然不会期待欧阳杰的电话，但是能接到欧阳杰的电话，也会让她兴奋不已。

欧阳杰告诉方筝筝："我可能不能总给你发短信息，打电话了。"

方筝筝还以为欧阳杰对她的感情发生了变故，便有些不解地问道："为什么？出什么事情了？"

"我过两天要去南非出差两周。"他告诉方筝筝，他们主要是为了竞标，希望几周以后能够载誉而归。然后他开玩笑地问："方筝筝，你知道南非的首都是哪里吗？"

"这种问题还想难住我呀？不就是约翰内斯堡吗？"方筝筝得意地说。

"你敢肯定？！"欧阳杰问："想打赌吗？"

欧阳杰这么一说，方筝筝也含糊了"反正不是约翰内斯堡，就是开普敦？"

"还是我告诉你吧，南非实际上有三个首都，分别是行政首都比勒陀利亚、立法首都开普敦、司法首都布隆方丹。我也不比你强多少，也是查资料以后才知道的。约翰内斯堡是南非的第二大城市，仅次于开普敦。由于两百多年以前这里发现了大量的黄金矿脉，后来就成为了南非最大的黄金产地。约翰内斯堡因此也就有了‘黄金之城’的美称。我回来的时候，会带一块金矿石给你。”

方筝筝开玩笑地说：“不行，我要一座金山。”听着方筝筝温柔可爱的声音，他真想飞到她的身边，紧紧地把她拥在怀里。

“方筝筝，我现在最大的愿望就是亲亲你。”他突然动情地说。

在国内尽管也远离千里，但是总觉得很近。而一出国去那遥远的国度，方筝筝的心里还是多了几分牵挂。“等你回来再说。你在国外一定要小心啊。”

由于航线遥远，目前国内还没有开通到南非的直达飞机。通常要先飞到中东，或者欧洲，然后再转机飞到南非。欧阳杰带着一行八人出发，先是飞了九个多小时到达巴黎，等了将近六个小时以后，又飞了八个小时，终于到达了目的地。

到机场接机的是该项目甲方公司的一名男职员和一名在当地聘请的老外女翻译。那位男职员是外派的常驻代表，负责接待和安排这三个竞标公司，同时解答他们就该项目所提及的一些问题。而那位女翻译则负责该项目各方与当地各个机构之间的协调关系。

女翻译走过来，和欧阳杰握握手：“欢迎你们到南非来。我叫萨博丽娜，英文就是 Sabrina。”

全团的人听了以后都很吃惊，这个老外还能说这么好的中文，而且还是在南非这个国家！

“有朋自远方来，不亦乐乎！”她接着说。大家听了都傻了。

“哈哈，你连我们孔夫子都知道啊？！”欧阳杰也惊讶地说。

“当然知道了。我的爷爷是中国人，我的奶奶是英国人，我的母亲是南非人。我母亲的母亲，也就是我姥姥是法国人，而我的姥爷是黑人。我爷爷原来是老师，一直就教我中文，还有古汉语。”真不简单呀。大家突然觉得和她的距离拉得很近。在去驻地的路上居然有说有笑，全然没有了倦意。

欧阳杰也在她和其他人谈话的时候仔细打量了她。她可能二十八九岁的样子。也许是有中国人的血统，她的脸型是圆的，皮肤是浅棕色的。头发有点卷，五官综合了几个民族的优点，布局非常得体。她的嘴唇似乎没有经过什么粉饰，却是红红的。特别是她开口笑得时候，露出一排洁白整齐的牙齿，让人感到她极其美丽、阳光又大方。她的个子很高，估计也在一米七三左右。欧阳杰心想：她如果在中国的话，早被模特经纪公司挖走了。

第二天报到以后，欧阳杰收到了竞标安排。整个竞标分三个阶段。首先，三个竞标公司要用一周的时间进行实地考察和测量。其次，再用一周的时间做出方案。第三阶段，用三天的时间进行答辩。然后休整三天，与此同时招标公司内部讨论。最后在现场宣布最终竞标结果。全部需要三周的时间。

在拿到了这个安排以后，三个公司就展开了激烈的竞争。这虽然是一个无烟的战场，但是竞争却异常的残酷，因为每一方都懂得如果得不到这个项目，就意味着公司要裁员，而且用于投标的前期投入都会打水漂。

欧阳杰立即召开公司全体小组会议，在讨论完了如何应对各种困难和挑战以后，大家进行了明确的分工。午饭以后，欧阳杰跑到了公用电话亭，利用一点空闲的时间拨通了方筝筝的电话。由于中国和南非的时差是 6 个小时，国内正是晚上 7 点钟左右。方筝筝刚吃完饭，猛然看到一个陌生的号码，估计就是欧阳杰打来的，心怦怦地跳。

“都离开两天了，怎么现在才打电话？”方筝筝有些撒娇地说。

“这两天很忙，现在刚有些时间。半个小时以后我们就要正式投入投标准备工作了。”欧阳杰边说边看手表。

“南非漂亮吗？我听说那边种族歧视很厉害。经常有人被杀。你要注意安全啊。”

方筝筝说得对。南非的种族歧视和种族隔离的状况非常严重。听说约翰内斯堡城西 25 公里处的索韦托，就是南非黑人最集中的隔离区，很少有白种人晚上去那里。30 年前，南非政权在这里制造了骇人听闻的“索韦托惨案”，遭到了世界人民的谴责。来这里的“老前辈”们也嘱咐新来的中国人尽量不要去西面。不过为了不让方筝筝担心，欧阳杰就说：“你不用担心。这里很安全。黑人主要是冲着白种人去的，对中国人非常友好。”而实际上，他听说就在他们到来的前一天，还有一家当地华侨全家被人枪杀了。

欧阳杰看了看手表，已经快两点了。他对方筝筝说：“马上要工作了。我要挂电话了。想你。”这时候电话卡的钱也用完了，还没等方筝筝说一句话，电话就自动中断了。这使得他们两个都很郁闷。

在欧阳杰的带领下，整个公司的竞标小组没日没夜地工作，他们首先要进行实地考察和测量；然后结合当地的市政计划进行二次设计；最后，要进行严格的计算和设计，最终完成整个标书。

按照要求，萨博丽娜把一大堆有关当地环境的资料搬了进来。当她看到在炎热的天气下，即使是坐着不动，衣服都可以湿透，而欧阳杰的小组成员一个个光着膀子，大汗淋漓地伏案工作时，不禁感慨：中国人工作精神太值得钦佩了，难怪中国的经济发展那么快！欧阳杰此时已意识到她就在身边站着，赶紧站了起来："萨博丽娜，你请坐。"说着给她倒了一杯水。

看着眼前这位外表近似书生，体格很健壮，很有礼貌的欧阳杰，萨博丽娜不禁对他产生了一种好感。她喝了一口水，然后说："你们都很忙，我不坐了。我还要给其它两个小组送资料呢。"说罢，走了出去。

经过两个星期的努力奋斗，他们终于拿出了一本 20 万字的标书，如果加上国内准备的资料和各种附表，整个标书应该有 80 万字了。当他们把整套资料一式三份分别装进了三个大的纸盒子里以后，所有的组员都长舒了一口气。

但是他们懂得真正的较量是在面试的时候。事实上，在国内的时候，出标公司就已经把他们最初提交的方案进行了仔细的研究，之后才选出他们三家来南非的。出标公司很明白，单就这个项目本身而言，这三家公司的任意一家都有能力完成这个项目，但是他们更要考核这三家公司能否在国外特殊环境条件下，把这个项目完成得更好。具体来说，要满足以下三点要求：一是是否能够适应国外的新环境；二是要考虑当地环境和市政规划的要求；三是要符合当地设计师的要求。

竞标的那天，现场气氛异常庄严。二十几张会议桌被排列成一个正方形，三个竞标方各坐一面，而正面则是面试小组。面试小组成员由出标公司的工程师、设计师、公司领导、约翰内斯堡城市的计划局负责人和设计师组成。别看南非是在非洲，但是从经济发展水平来讲，它已经属于一个经济发达的国家，在建筑方面，基本上所有有名的建筑都是由英、法国家聘请来的著名设计师设计的。据说在前面就坐的两位外国设计师中的一位就是伦敦千年眼大转盘的主要设计者之一。

首先介绍标书的是欧阳杰的公司。所有的答辩都要用英文，如果不能用英语，可以用法语，实在不行的话，就要用翻译，而面试小组指定的翻译就是萨博丽娜。由于欧阳杰在国外学习多年，而且学习的又是项目评估和管理，他选择了不用翻译。欧阳杰用了近一个小时的时间用熟练的英语，把该项目的标书完整系统地做了介绍。就连台上面的英国设计师都不住地点头。

最让他得意的就是他们的设计，强调一种不管白种人还是黑种人都可以接受的新型建筑风格。还有就是引入了一个全新的评估指标，那就是绿色收入。传统的项目都是以牺牲资源和设备为代价而产生收入的，如果从绿色环境的角度，一个表面盈利的项目实际上可能是一个亏损的项目。然而根据他们小组的设计，这个项目即使是十年以后，如果考虑环境因素的话，他们这个项目也是盈利的。据他们得到的消息，其它两个小组在设计的时候，只是从建筑本身出发，从设计到设计，根本就没有考虑由于项目本身设计的不同会给出标公司带来什么利益。他觉得读书的时候，绿色 GDP 的计算，还有贴现值和边际收益递减率的计算方法对他的启发最大了。

稍后在其它两个公司的介绍中，果真对他们的设计能够带来什么效益方面只字未提，更不用说绿色收入概念了。

欧阳杰公司的另一个最大的优势，是他流利的英语，这使他们和当地各方交流起来很方便。而其他两个公司介绍，一个是请萨博丽娜做的翻译；另一个也是用英语，但是不知道是英语功底不行，还是压力太大，整个介绍都是磕磕巴巴的，面试小组的成员都是皱着眉头听完的。

可是约翰内斯堡市政计划部门的负责人却提出了一个尖锐的问题：

“你们设计得很有新意，也基本符合逻辑，但是你们忽视了一个重要问题。约翰内斯堡城市要在五年内把地下给排水系统重新改造，而在你们所要建设项目的地下要铺设一条新的排水管道，这对整个地面的承载力，还有预留位置等等都提出了要求，可是你们的报告中却没有体现出来。而这份资料，我们在两周以前就让萨博丽娜交给你们了。”

欧阳杰的大脑“轰”的一声，他一下子懵了。萨博丽娜送的资料他们翻了有几十遍了，对这份资料没有一点印象。他立即用眼睛看了一下前面的萨博丽娜，他想说资料里根本没有这份东西，但是一看到萨博丽娜脸通红，他明白了，一定是她把资料忘了给他了。如果他把这个失误推到了萨博丽娜那里，她肯定被解雇了。

此时，欧阳杰大脑高速运转，然后立即回答：“我们已经注意到了那份资料了。但是我们认为它只是一个计划提议书，并不知道这个计划一定要实施。但是为了预防万一，我们还是做了一个候补方案，那就是当考虑这个排水管以后，方案应该怎么设计。如果有必要的话，我们下午 2 点的时候会再用 15 分钟的时间做一个补充介绍，然后把这个方案附到我们正式提交的申请后面。”

台上面的评审员相互交换了一下眼色，然后主持人说：“同意。”

欧阳杰提到嗓子眼的心终于平静下来了。他心里有数，如果把那条排水管道考虑进来的话，无非是把各种参数改变一下，然后代入模型公式，用不了一个小时就可以计算完毕。感谢发明计算机的人，如果在 20 年前，这点要计算的东西，可能要花他们小组一年的时间也算不出来。同时他也很自信，他认为考试小组已经基本接受他们公司了，否则就不会让他们下午再做补充说明了。

此时，他隐隐约约感到一双眼睛一直在盯着他，那就是萨博丽娜。她内心充满了感激之情，本来在听欧阳杰的项目介绍的时候，就已经对他的博学和口才羡慕不已了，通过这件事，她突然觉得他是那么的高大，那么的男人。

上午的会议一结束，萨博丽娜立即跑到自己的车子里，在后面的车厢内，她看见了已经团成一卷的那份资料。她立即找到了欧阳杰，把资料交给了他，顺势在欧阳杰的脸上亲了一下跑开了。她心中有种说不出的滋味，是一种歉疚？还是感激？还是兴奋？她自己也说不清楚。欧阳杰下意识地用手擦了一下被亲过的脸，摇了摇头，便赶紧回到驻地重新运算数据了。谁也不知道他摇头到底是什么意思。是一种无奈？是一种被美女亲吻后的自豪？还是电影里经常说的：“呵呵，瞧这个小丫头。”

下午 2 点，所有的人又回到了原来的座位上。欧阳杰按照要求只用了 15 分钟就把预留排水管以后所有重新计算出来的数据和几种候补方案作了简明扼要的介绍。这次，那位约翰内斯堡市计划署的负责人再也没有提出任何异议。

（五）

三天的项目介绍和答疑终于结束了。所有的竞标公司要休会三天，等待最终结果。而这三天就是每个投标公司生死的关头，尤其是其它两个公司的组员整日如坐针毡，不时地向能进进出出的萨博丽娜询问结果，而她的答案就是一个：不知道。相反，欧阳杰倒是很轻松。首先，他自我感觉非常良好，很自信。他认为他们的各方面都比其他两个竞争对手强，这个项目没有理由不给他们；其次，他的心态很好。他和他的小组几乎使上了全身的解数，用尽了所有的能量。他们的潜能已经发挥了百分之二百了。“谋事在人，成事在天”，成不成就它了。

他给组员放假一天，让组员们好好看看约翰内斯堡城市，否则白来一趟了。他建议他们开车去郊外的植物园和梅尔洛斯鸟类保护区。然后再去市中心的动物园和市政厅看看。据说这个市政厅已经有一百多年的历史了，很有特色。

而他迫不及待地去附近的商店买了一张可以打一个小时国际长途的电话卡，立即奔向电话亭拨通了方筝筝的电话。

“亲爱的，我们今天终于考完试了。结果后天出来。这段时间没有给你打电话，你还好吗？”他一口气说了出来。

“你终于来电话了。我一直很好，我也报名参加三个月以后的行业资格考试了。现在天天看书。”方筝筝从医学院毕业两年了，但是由于没有行医资格证书，就不能正式行医。如果她选定了行医这条路，那就必须过这个关卡。

“你们有多大把握能拿到这个项目啊？是不是结果公布以后，不管中标不中标你们都要回来呢？”方筝筝理解的也对，不中标的话，后天就要回国；如果中了标，就要在中国整合人财物力，所以也要回国。

欧阳杰就说：“应该是这样的。”

“那你要利用这两天好好的把约翰内斯堡游览一下。要么岂不白去了。”方筝筝问道。

“呵呵，你考虑的还真周到。我们的组员今天已经都出去玩了。我要给你打电话，所以就没有和他们一起去。对了，我要回国的时候，给你带一些什么礼物啊？”欧阳杰突然觉得应该出去给方筝筝买点礼物，回国后送给她。

“你说过的话你都忘了呀？南非不是出产金子吗？所以我要一座金山！”方筝筝在和他开玩笑，实际上欧阳杰这个时候能飞到她的身边，能够抱一抱她就是她最大的心愿了。

“好的，我争取吧。不过我在这里经常听到国人在南非买钻石的事情，因为南非是世界上最大的钻石生产国。”

“是吗？我喜欢钻石，我要钻石。”还没有等欧阳杰说完，方筝筝就接了过去：“是呀，天下哪有一个女人不喜欢钻石的啊？！”

“想得倒好？”欧阳杰和她开玩笑地说：“你知道钻石可是非常非常贵的呀。”说是这么说，欧阳杰喜欢方筝筝的程度已经到了把她作为自己身体的一部分了，就是她要他的眼睛，他也会挖出来给她的。要么有人说：如果要检验一个男人是否真的喜欢你，喜欢到什么程度，就要看他愿意为你付出多少了。

其实，几天前，同事们谈论南非钻石的时候，他就下定决心给方筝筝买一枚钻石，所以答辩结束以后他查了很多资料，学习到了不少有关钻石的知识。他发誓，一定要买一个圆形的钻石给她。一篇文章就介绍过，喜欢圆形钻石的女人一般善良、随和，对家庭有着强烈的责任感，也是重视感情值得依赖的人。

“为什么南非的钻石要贵呢？钻石多的地方应该便宜啊？”方筝筝不解地问他。

“咳咳。”欧阳杰清了清嗓子说：“你知道世界产钻石的国家寥寥无几，南非钻石的生产率也很低，平均每一百吨砾石才能产出3.7克拉的钻石。一个三百多人的钻石厂，每天最多能够筛选出不到2500克拉（约半公斤）的优质钻石。而每克拉钻石一般在三百美金以上，如果再切割，减去损耗，再加上工艺成本，每克拉的价值就要翻好几番，甚至更多。钻石的硬度最高了，任何再硬的东西，只要被钻石划上一下，就立即可以看出划痕，而钻石却丝毫没有损害。正是由于钻石非常稀缺而又有它独特的个性，才受人们的关注和喜欢了。”

接着欧阳杰问方筝筝：“你说为什么女人都喜欢钻石呢？”

“一看你就不了解女人，根本没有资格喜欢女人。”方筝筝佯装生气地说。“女人的性格犹如钻石。刚才你其实也说了，钻石是具有高贵性和唯一性的。女人如果带了钻石的装饰物，她就可以傲视其他女人，因为与其它任何宝石相比，钻石是最珍贵的；另外，由于钻石稀少，男人送给女人钻石就表示他心目中的女人是百里挑一，甚至是唯一的。懂了吗？”方筝筝笑着问欧阳杰。

欧阳杰也假装谦虚地说：“懂了，懂了。我昨天在网上还看见了关于女人和钻石形状关系的题目。你告诉我你是喜欢哪一种形状的钻石：圆形，方形，心形，梨形，马眼形，还是椭圆形？”

方筝筝想了一下，回答道：“我喜欢椭圆形的钻石吧。”

“哦，喜爱椭圆形钻石的女性个性突出，从不人云亦云，有坚韧的毅力，将自己的独特想法付诸行动，在事业上能表现得极为出色。”欧阳杰把最近看到的都记下来了，本来今天就想问筝筝呢。

“是吗?好像还真准呀。”方筝筝有点惊奇。欧阳杰也这样认为的。方筝筝从上大学开始学习就刻苦认真，所以学习成绩一直排名第一。这次为了能够顺利的通过医师资格的考试，每天都废寝忘食。上次欧阳杰从千里之外看她，她总是饭还没有吃好，就想回家复习考试了。在单位上，尽管她工作时间不长，但是上手很快，要不是她还没有拿到医师资格证书，早就到门诊直接给病人看病了。

不过，在欧阳杰的心目中，他更希望方筝筝选择圆形的，因为喜爱圆形钻石的女性善良、随和，对家庭有着强烈的责任感，也是重视感情值得依赖的人。但是他相信，对待工作认真的人，对家庭也会一样认真和负责的。欧阳杰觉得谈这些还为时过早，就换了一个话题，“你想知道怎么去挑钻石吗？”

“这还用问啊，肯定越大越好啦。”方筝筝好像看过一篇文章，说的是标志着英国女王最高权力象征的手杖上面就镶着一枚五百多克拉的钻石。

欧阳杰笑了笑，说：“你只回答了一个方面。而测定钻石好坏需要考虑四个因素。这也就是行话里面常说的4C因素。四个C分别代表了英文的四个字母。第一个C是COLOUR，即色泽，一般来讲，色泽越白越好，越昂贵。外行人基本上分不出来；第二个C是CLARITY，就是纯净度的意思，当然是越纯越好了。刚才你也说了女人为什么喜欢钻石，实际上男人也愿意为自己心爱的爱人买钻石，希望他们越纯净越好，最好她在过去，现在和将来都只属于他一个人。第三个 C 实际上是非常重要的，那就是 CUT，也就是切割的意思。如果一个切割水平很差的工匠可能会把一个10克拉钻石给切没了，而优秀的工匠可能在几乎没有损失钻石原重量的情况下，把钻石切割得漂漂亮亮的。”

方筝筝插话进来说：“我听说世界钻石加工水平最高的国家是比利时还有荷兰，对吗？”

“呵呵，没想到你钻石的知识还懂的不少。据说南非和以色列钻石加工水平也不错。印度和澳大利亚的钻石加工就差多了。切割还要考虑另外一个重要因素，那就是能够在钻石上面根据一定的规则切割出多少条线。如果线少了，就没有反光的作用；而切割的线条太多了，就和平面一样了，也就没有了光泽。通常是切割成58条线的时候钻石最能最大限度的反射光芒了。”

“还这么复杂啊。那么第四个因素大概是重量了。”方筝筝猜想一定是重量了。可是重量的英文应该是WEIGHT啊。所以她也不敢肯定。

“你真聪明。第四个因素就是重量，英文是CARATWEIGHT，也就是克拉重量。因为钻石结晶非常困难，一般都要经过几万年甚至上亿年才能完成结晶过程。所以钻石都不大，通常我们老百姓手上能带上一个 1 克拉的钻石已经是非常珍贵了。因此，钻石越大，价值就越高。不过还要结合以上三个因素来考虑。明白了吧？”欧阳杰终于把以前知道的钻石知识和这两天搜集到的知识一股脑儿地灌输给了方筝筝。

方筝筝觉得她结识欧阳杰没有浪费时间，他不仅是她的好友，更是一个师长。她突然不解地问：“你了解这么多钻石的知识干什么呀？”

欧阳杰本想告诉方筝筝，以后他会给方筝筝也买一款钻石戒指。但是他不想轻易地承诺可能做不到的事情，所以就说：“南非出钻石，就多了解一些这方面的知识，说不定哪天就用上了呢。”

这个时候，电话里传出了嘟嘟嘟的声音，原来在提醒他，还有一分钟的通话时间了。他告诉方筝筝：“还有一分钟了，说点什么呢？”他好像找不着什么合适的话说了，就问：“你想我吗？”

“你说呢？”方筝筝没有直接回答。说不想是假的，方筝筝这些天一直在惦记着欧阳杰。但是方筝筝也说不清楚是什么感情，好像不是爱情，不是激情，更像是亲情。

两个人谁也没有再说些什么，时间一秒一秒地滑过，而他们两个人的心却贴得更近了。电话的屏幕出现了倒计时，5 秒、4 秒、3 秒、2 秒，接着“咔嚓”一声，断线了。

三天以后，终于公布招标结果。由于欧阳杰的公司准备充分，思路新颖，面试的时候又无懈可击，他们如愿以偿，获得了这个项目，此时欧阳杰和同事们激动地心情一点也不亚于那天得知中国北京获得举办 2008 年奥运会时候的心情。中国太需要这样一个机会来向整个世界介绍中国，展示中国的形象；而北京也太需要这样一个契机来拉动北京的经济，刺激需求，带动全国相关经济的发展了。要知道一个奥运会的举办会给中国带来多少个就业机会呀。欧阳杰的公司得到了这个项目，意味着公司的两千名职工一年的工作就有了保障。

这个消息立即传到了国内的总公司。公司领导发来了贺电，并让他们待命，等待新的任务。所有的人都打好了行李，准备两天以后就启程回国。晚上的时候，国内已经深夜了，局领导又打来了电话："经过总公司的认真考虑，由于此项目非常紧急，我们决定由欧阳杰同志担任此项目的副主任，并且暂时留在南非筹备那里的事宜。公司任命的主任将在中国针对南非的特点组合人力、物力和财力，然后在一个月后赴南非，一个半月以后此项目将在约翰内斯堡正式开工。"

欧阳杰一下子不知所措，原来的小算盘被打破了。他本想第二天去城里转一转，给方筝筝买一枚钻石戒指，回中国以后，再去 C 城看望他日思夜想的筝筝。他甚至想，他会把这枚钻石戒指亲自戴在方筝筝的手上，然后像电影里经常演的一样，单腿跪在地上向方筝筝求婚。

他还梦想举行两个婚礼，一个是按中式举行，一个是按西方的仪式举行。欧阳杰一直认为，西方的仪式很有道理，结婚就是对对方的承诺，一种牺牲。所以西方的结婚仪式，男女双方都要跟着牧师宣誓：你愿意她（他）成为合法妻子（丈夫）吗？你愿意在她（他）任何时候都会照顾她（他）吗？……这是一种庄严的承诺，只有承诺了，双方才能兑现。

而中国的结婚仪式，先是拜父母，然后夫妻对拜，反映了中国尊敬父母，夫妻相敬如宾的美德和传统。但是这种形式还是不如西方来的直接和坦率。据说在美国的拉斯维加斯，一天就可以办理完所有的结婚手续和仪式。见到方筝筝以后，他一定会把他这个想法告诉方筝筝。一想到他的筝筝听到他的计划会开心地笑的时候，他也心花怒放了。

可是公司的决定把他的这些计划都给打乱了。他试图请假，甚至想辞职不干了。但是公司不会同意的。同时也是为了公司的利益，为了大家对他的信任，也是为了证明自己的能力，他同意留下了。公司领导对他说：

“这个项目开工 3 个月以后你就可以回家休假 2 个星期。”他想 3 个月的时间也就是一百多天，一晃就会过去的。在国内的时候，公司经常宣传老职工的事迹，二十多年前中国援助非洲的时候，那些老职工一去就是 3 年，中间连探亲假都没有。而且那个时候条件差多了，哪里有长途电话，哪里有互联网啊？

他又给方筝筝拨通了电话：“筝筝，我今天打电话告诉你一件好事情和一件不愉快的事情。你先听哪个？”

“先让我高兴吧。我估计你们中标了。是吧？”方筝筝回答道。

“你真神了。我们真的中标了，不过公司让我 2 个月以后才能回国。”欧阳杰怕方筝筝不高兴，故意少说了一个月。

“这么久？”方筝筝以为欧阳杰只是去打前战，一旦中标就回来了。没想到的是欧阳杰不但不能马上回来，而且还要等到整个项目的准备工作结束以后才能回来。工程的事情很复杂，特别是海外的项目还要受到国际经济和政治因素的影响，工期能够按时完成的时候很少。一想到这里，方筝筝的眼泪都要出来了。

欧阳杰感到了方筝筝难受的心情，就安慰她说：“我前期准备工作一旦完成就回国看你。现在和过去不一样了，公司也比较人性化。我们的预算里面都包括职工一年内回家探亲一次的费用。如果是领导成员，一年内可以回国两次呢。”

听了这些安慰的话，方筝筝感觉好受了一些。好男人志在四方，应该以事业为重。短暂的分离是为了今后能更好地一起生活。她是这么想的。

“今天我陪我的朋友去照写真了，我也拍了一套。”她把话题转了。

目前拍写真似乎是一种时尚。这点可以理解。女孩子都愿意在自己风华正茂的时候，把自己的青春以照片的形式保留下来，方筝筝也不例外。

不过她更想把自己最好的照片寄给欧阳杰，让自己永远留在欧阳杰的记忆里，尽管她不能陪伴欧阳杰，但是照片还是可以的。

“你是不是会在自己的脸上也抹上了好几斤的精粉啊？”欧阳杰开玩笑地说。记得他的一个女同事皮肤很黑，五官也不算漂亮。一天她来到公司，把自己刚照的写真照片拿给公司其他同事们看，一位女秘书把照片递到了他的手里。照片是一个皮肤又细又柔、面如桃花的女人。他问同事：“这个漂亮女人是谁呀？我要是能娶到这样一个老婆就满足了。”女秘书哈哈的大笑起来。他顺着秘书的眼光看到了那个女同事，一下子明白了。他发誓以后再也不相信什么写真呀、什么艺术照之类的照片了。

方筝筝明白他的意思，就说：“你又不是没有见过我。我用涂脂抹粉吗？我可是原汁原味，全是素的。”这点欧阳杰完全相信，筝筝从来不粉饰自己，即使是这样，她在女性里面也是出类拔萃的。

“我的照片还有穿比基尼的呢。”方筝筝接着说。

一想到筝筝那优美的身材，欧阳杰立刻说：“快点寄给我。我要看。”

“瞧给你美的。我才不给你看呢。那可是女人的私有财产。”方筝筝刚说完这句话，电话又提醒他们，通话时间不足一分钟了。

“你接着说，”欧阳杰想把最后说话的机会给方筝筝。

方筝筝说：“我说完了。你说吧。”

“你说。”

“你说！”

突然两个人都不知道该说什么了。电话又想起了那种可恨的嘟嘟的声音。欧阳杰立即说了一声“I love you”。“咔嚓”一声，电话自动挂断了。

（六）

今天晚上方筝筝值夜班。和喧闹的白天不一样，晚上的病人少多了。来看病的基本上都是急诊。她现在是见习医生，再过 2 个月，就可以转正了。

记得她刚开始值夜班的时候，还需有经验的医生带着。一天晚上突然来了一个看急诊的病人，出了车祸。那人开的是那种无头的面包车，在他低头去找东西的一霎那，自己的汽车一下子撞在了前面一辆卡车的屁股上。车的前面顿时向里凹了进来，一下子把他的腿卡在了里面。当他被救出来的时候，腿已经粉碎性骨折。那天晚上，这个病人被推进来的时候，已经是深夜了，他痛苦地大声地哭叫着，那种撕裂肝胆近似嚎叫的声音，划破了沉静的夜色，甚是恐怖。

由于伤及动脉，鲜红的血咕嘟嘟地一个劲儿往外冒，带她实习的是一位女医生。她们两个和一个护士立即进入手术状态。那个病人不断地大声叫着，三个女人好不容易把他按了下去，一针麻药以后，他才慢慢地安静下来。手术持续了 4 个多小时，医生最后实在挺不住了，就说："小方，你把病人的伤口缝好吧。一定要仔细。"方筝筝又用了一个多小时的时间，终于把伤口缝好了。手术非常成功，病人的腿保住了。事后，医生对方筝筝说："你天生就是做医生的材料。我没有想到你刚毕业，遇到这种事情居然那么镇定，更让我没想到的是你缝伤口的技术那么好。你知道在我们医院，即使不少正牌医生也达不到这种水平呢。"从此以后，医院决定方筝筝可以单独值夜班，除非是病重的病人，她一般都可以单独处理。

方筝筝很爱这份工作。她也想有机会能够出国深造。在一次和欧阳杰讨论这个问题的时候，欧阳杰也很赞同她的想法。欧阳杰认为在中国做医生，有一个西方发达国家永远比不上的优势，那就是大好的实习机会。中国人口众多，病情和病例多而复杂。由于西方国家的公共卫生水平都已经很高，很多疾病的防治技术都很成熟，病情种类相对比较单一，病人相对中国来讲要少得多。所以医生在中国可以积累到大量的临床经验，增强行医的熟练程度。

中国的整体医学水平和中国目前的社会发展水平是紧密相连的，虽然这些年有了很大的提高，但是西医毕竟来自于西方，高端的治疗技术以及成熟的管理方法，依然是我国大部分医院可望而不可及的。因此，在中国积累了大量的行医经验以后，一定要到西方医学发达的国家学习和实习一段时间。这就好比你在登山，如果你不能达到最顶端的山峰，你就永远不知道山顶上是什么样子。而登上顶峰的最大好处就是你可以一览众山小，清清楚楚地看到你所走过的路是什么样子，从而了解你所处的位置。这一点他和方筝筝的观点是一致的。

方筝筝拉开抽屉，从里面拿出刚从摄影楼取回来的写真照片，仔细地看了一遍又一遍。第一张是坐在一个台子上照的，摄影师夸奖她的身材绝佳，在这些拍写真照片的人中，很少有人能够有她这种身材的。如果，她穿得再暴露一些，嘴里再叼着一支红玫瑰，然后对色调进行处理，那将是一张非常有味道的照片。但是她觉得这与她的性格和平时的格调不相符，就没有那么照。

急诊病房今天真的很清闲，隔壁的护士都趴在桌子上睡着了。方筝筝还是一张一张地品味着这些照片。她认为拍写真和艺术照片的摄影师本人的修养和艺术欣赏水平非常重要。每个人都会按快门，然而一个优秀的摄影师就会在最佳的时刻、最佳的意境、最佳场景捕捉到最完美的成像。方筝筝所在的城市毕竟是一个小城，优秀的摄影师不多，整体的摄影水准有待提高。

她就这么翻看着这二十几张照片，不过有一张她还是比较满意的。那是一张穿着一层薄纱照的。她姣好的身材在薄纱里面朦胧地显示出来，犹如静静地躺在大地上绵延起伏的沙丘一样，凹凸有致，曲线分明。

她很喜欢这张，突然觉得欧阳杰也会喜欢这张照片，因为欧阳杰是一个对美有很高欣赏水平的人，而这张照片又最能代表方筝筝美丽的外表。她决定把这张照片寄给远在南非的欧阳杰，希望这张照片能够随时陪伴着在地球另一侧的他。于是，她在照片的后面写下了这样一首小诗：

花开会有期，
即使在冬季。
竹不与花争，
水映木更杰。

方筝筝是学医学的，以前总是认为上大学只要把专业课学好就行了。而看小说、读诗写诗简直就是浪费时间。自从工作以后，她开始逐渐喜欢文学了，如果有时间的话，她就会向同事们借一些小说阅读。读得越多，她就越觉得读文学可以陶冶情操。她很羡慕那些能写漂亮诗句的朋友。今天她是第一次学写小诗。她想表达的意思很直接：欧阳杰，我是想你的，我现在还是一朵正要绽开的花蕾，如果它要开花的话，总会开的，哪怕是在寒冷的冬季。你是竹，我是花，我们永远是伴。你是木，我是水，我会让你更杰出。这首诗虽然直白了一些，却也比较真挚，特别是里面的竹和花、水与木，暗指他们两个人的名字。

写完以后，她把照片放到了一个信封里面，然后又放回了抽屉，锁了起来。此时，她有些惆怅，同时略感寂寞。她喜欢工作繁忙一些，这样时间就会过得很快。一想到欧阳杰还要很久才能回来，她的心就沉重起来，这种一拖再拖的牛郎织女生活，什么时候才能结束啊？

她打开了电视，正好是新闻时间，正在播放各地出现了禽流感的疫情。怎么回事？不是 SARS 刚结束吗，又来禽流感了？记得那年她还在学校上学，学习规定所有的人都不能迈出校园一步，否则就会受到处分。那一段时间，学校、各个机关、工厂都被封得严严实实的。凡是流鼻涕的人要遭到旁人的白眼，打喷嚏的人周围直径两米的圆圈内不会有第二个人，如果要是发烧了可就更惨了，肯定要受到隔离检查。据说，一些普通感冒者被误诊为 SARS 患者，然后和真正的患者关在一起而变成了真正的患者。她越想越可怕，希望这次不要再像上次那样。

可怕的事情终于来了，由于方筝筝所在的地区发现了两个禽流感病例，所有的禽类都要被杀掉。方筝筝的母亲开了一个养鸡场，每年都要养上好几万只，然后供应给餐馆和饭店。这次主管部门下了死命令，必须要把所有养鸡场的鸡全部杀掉。为了服从这个命令，更为了预防禽流感的扩散，方筝筝的母亲含着眼泪把自己好不容易养大的鸡都杀了，然后再焚烧掉。

也许是对这些鸡太有感情了，自从那天杀鸡回来以后，方筝筝的母亲就饭也吃不下、觉也睡不着，最后终于病倒了。方筝筝的工作本来就很忙，每天回家后还要照顾母亲，而方筝筝的父亲又在遥远的南海，负责那里的石油勘探工作，一时不能回来。方筝筝也累得筋疲力尽，她真希望这时候能有一个人来分担家务和帮助她照顾母亲。

躺在床上的母亲看着一天天消瘦的女儿，很是内疚。她恨自己为什么要病倒，为什么都这么久了，身体还不能恢复。可是越着急，病就越重，以至于连起来给自己倒水的力气都没有了。医院和方筝筝都明白，这种病是忧郁伤脾而引起的病，没有什么灵丹妙药，就是要静养一段时间。

这天，方筝筝下班回来，发现母亲的气色好了许多，房间好像也打扫了。妈妈说她的病有点好转了，让方筝筝别老担心她，要专心地工作。方筝筝说：“妈，那你也别一下子做这么多家务，你最好在床上修养一段日子再做家务吧。”

又过了一段日子，母亲基本上恢复了正常。但是还是不能出门。一天，方筝筝把一份病人的病例带到家里研究，第二天上班才发现这份病例忘了带回医院了，而医院几个小时以后就要给这个病人会诊。她趁着中间休息的时候，打一辆出租车急冲冲地跑回了家里。这时，她发现有一个男人正背对着她在屋子里擦地板，她奇怪妈妈为什么没有和她说起找人打扫卫生的事情。她的妈妈好像不在家，于是她冲着男人大声喊：

“你是谁？谁让你到我们家干活了？”那个男人也许太专注擦地板了，根本就没有察觉会有人来。方筝筝这一声大喊给他吓了一大跳，他本能地立即转回身……方筝筝惊呆了，那不是她前任男朋友吗？那不是她后悔过由于年轻而曾经没有珍惜过的男朋友吗？他不是失踪了吧？

他也惊呆了。他根本就没有想到方筝筝会在这个时候回来取东西。这不就是他曾经爱得疯狂的方筝筝吗？这不就是他曾经可以为他牺牲一切的前任女朋友吗？这不就是他直到现在仍然不能割舍的她吗？

他设想过很多种今后和方筝筝还能见面的情景，但是在这种情况下再次见面是他始料不及的。

就在那一瞬间，他发现方筝筝变得消瘦了，心中油然升起一种怜香惜玉的感觉。同时他又觉得方筝筝似乎成熟了许多，这种无形的感觉又让他感到他们之间一定的距离。而方筝筝也打量着眼前的老情人，他还是那么英俊潇洒。由于他是从事跳舞这行的，他的身材和气质在男人之中绝对是出类拔萃的。

此时空气凝固了，房间异常的安静。他们对视着，相互打量着，似乎只能听见他们四道目光相互交流发出“嗖，嗖……”的声音。

寂寞最终还是方筝筝先给打破了，方筝筝问他：“你怎么来我家干活了？”她这时候已经明白了是谁一直在家里照顾妈妈，为什么母亲的身体恢复得这么神速，为什么回到家里哪儿都是干干净净的，甚至连饭菜都准备好了。

她的前任男朋友也许是太紧张，也许是干家务累的，他的额头渗出了汗水，然后顺着面颊淌了下来。方筝筝没有再问下去，而是从旁边的纸巾盒子里面抽出了几张面巾纸，走到前男友的面前，说：“大伟，休息会儿吧。”原来他的名字是任瑞伟，叫起来很蹩脚。后来，方筝筝就索性叫他大伟了。

接着，方筝筝用面巾纸把大伟额头上的汗滴一点点地擦干。大伟简直不相信眼前的这一切居然是真的。以前他们在一起的时候，是他一直在精心照顾着方筝筝，而方筝筝那时候年轻，从来就认为是理所当然的。时间长了，照顾方筝筝而不要求任何回报的这种模式他早就习惯了。而今天，在这种情况下，方筝筝居然那么温柔，对他那么体贴入微，两年前他要是这样该多好啊。可以看出来，方筝筝已经长大了，不再是一个傲慢的“公主”了。

大伟正要解释的时候，方筝筝突然想到了她回来的主要任务。于是，她跑回自己的房间，拿起病历，快要迈出门口的时候，她回头说：“大伟，我马上要开会。谢谢你能照顾我母亲。”说完，直奔了出去。

回到医院后，方筝筝和几位老医生马上对那个病人的病情进行了会诊。

中午休息的时候，方筝筝一个人坐在那里发呆，大伟两只手扶着拖把、额头冒汗的样子在她的脑海中挥之不去，尤其是他们四目对视的那一瞬间，大伟灼热的目光就像一个火种把她深藏在心中说不出的感情一下子点燃了起来。虽然大伟围着围裙，手握拖把，但是站在那里的他犹如一块磁石，把她不由自主地吸了过去。

这种感觉是她和欧阳杰在一起的时候从来没有过的。和欧阳杰在一起，她觉得很舒服、很安全。在某种意义上，欧阳杰更像她的兄长、他的知音，难得的良师益友。难道和欧阳杰的感觉只是一种友情或者亲情，而和大伟之间的感情就是那种常说的爱情？究竟是什么样的感情，她自己也搞不清楚。

晚上回到家中，通过和妈妈聊天，方筝筝终于明白了这一切的前因后果。原来，方筝筝的母亲一直就很喜欢大伟。大伟人品好，心又细，知道体贴人，如果自己的女儿嫁给这样一个男人，她一百个放心。自从方筝筝和大伟分手以后，做母亲的感到很惋惜，不过她依然和大伟保持着很好的关系，她和大伟曾经说："大伟啊，筝筝没有嫁给你，只能说她没有这份福气。我就把你当成干儿子吧。"以后他们一直没有间断过联系，只不过这些都瞒着方筝筝就是了。

在方筝筝的母亲生病以后，母亲看筝筝又是工作，又是照看自己，还要做饭、干家务，她真怕方筝筝也累坏了。于是，就拨通了大伟的电话。大伟这些日子正是舞蹈学校不忙的时期，他就每天来方筝筝的家里，先是为方筝筝的母亲熬药、做饭，然后打扫卫生、做家务，回去之前还把晚上的饭菜准备好。十多天了，大伟每天如此。在他的精心护理下，方筝筝的母亲终于恢复了健康。

妈妈多少知道方筝筝现在已经有了一个男朋友的事情，知道他不在中国，母亲的心里更没有底儿。

妈妈对筝筝说："你也不小了，结婚就要找一个像大伟这样的人。你还不知道吧，大伟这些年一直都在挂念着你呢。"

"我不是听说他早就结婚了吗？"那次方筝筝和大伟分手以后，方筝筝的确想找大伟承认错误。但是出于自尊，她就不想主动找他。一晃又是一年。有一次她听别人说大伟已经结婚了，这让她后悔不已，痛苦难忍，从那以后，她就死了再去找大伟的念头。

妈妈听了以后，笑着说："傻孩子，谁告诉你的啊？上次是他哥哥结婚。他一直就没有找过女朋友，等着你呢。这个我最清楚。"

听了妈妈的这句话，方筝筝非常感动，心里一阵阵地发热。她真没有想到，大伟会等她这么长时间。

妈妈接着说："我们欠大伟的很多。我过两天请他到我们家吃饭，一定要好好地感谢他。"

"好吧。您想怎么安排就怎么安排吧。"方筝筝说得好像很无所谓的样子，但是她是很想再见到大伟的。那天大伟忧郁的眼神和灼热的目光已经让她心醉了。

两天以后，大伟接受了方筝筝母女两人的邀请，到家里一起共进晚餐。晚餐的气氛非常融洽，方筝筝的母亲把一大块红烧鱼夹起来放到了大伟的碗里，并且说："大伟，这鱼你一定要吃。筝筝说一定要好好感谢你，而且你最爱吃鱼，她就亲自烧了这鱼。"

如果这是两年前，就是打死他，也不会相信筝筝会下厨房，而且烧了这么可口的鱼。看样子，时间和环境会改变一个人的。他又吃了一口，连声说："好吃，好吃。"看到大伟憨态可掬的样子，三个人都开心得笑了。

看着这一幕，方筝筝暗想：家不就是应该像现在这个样子的吗？

晚饭以后，母亲故意说："我要出去到你舅舅家看看。你们好好聊聊吧。"

收拾完饭后残局以后，他们到了筝筝的房间。现在就剩下他们两个人了。方筝筝说："那天我给你打电话，你为什么几天都不接电话？"

大伟没有想到方筝筝能提出这么直接的问题，他只能如实说了："那时候我觉得我们都不成熟，都需要自己的空间。不过，我坚信我们是有缘分的，终有一天我们会在更高的感情层面上结合的。"

方筝筝没有什么可说的，因为大伟说的都是实话。如果没有他们分开两年多的时间，她对情感就不会有更深的认识。

两个人就沉默了下来，虽然没有语言的交流，可是他们的心却越来越接近了。大伟先说话了："我今天在音像商店买了一张光盘送给你。"说着，大伟从口袋里掏出来了一个碟片，是著名歌手诺拉琼斯的歌曲。

方筝筝走到了音响前面，把新买的碟片放了进去。接着她按下了播放键。然后她习惯性地打开了桌上的台灯，并把大灯关上了。他们以前听音乐的时候都是关着灯听的。房间立刻暗了下来，方筝筝的台灯是用那种橙色的材料罩起来的，整个房间显得温馨无比。

诺拉•琼斯的歌曲委婉，伤感，还带着几分兰调，慢慢地好像在向你倾诉。而现在正好播放的歌曲是《Turn me on》。

像一朵花，
正在等待开放；
像黑暗房间中的灯，
我正在这里等待你回家把我开启。
就像沙漠，
期盼着雨水……
Like a flower waiting to bloom
Like a light bulb in a dark room
I'm just sitting here waiting for you
To come home and turn me on

方筝筝静静地听着，实际上她的内心就是含苞欲放的花蕾，是正等待光亮的黑暗房间，是一直期盼雨水的干枯沙漠。她一直也在等待着，等待着，等待着一个人把她埋在心底的情感打开。

她走到了窗前，眼睛看着远处江面上偶尔闪耀的光亮，耳朵却没有离开替她倾诉的音乐。碟片转到下一首歌曲把她的情感又向前推了一步，那是一首凄婉的歌曲《And So It Goes》。当诺拉琼斯唱到了“To heal the wounds from the lover. Spast, Until the reis no one comes along. Is poke to you in a cautious tone, You answer me with no returns....”

她哭了，哭得是那样伤心。这时候大伟从后面轻轻地抱住了她，他吻了一下她的秀发，然后让方筝筝转过身来，他接着吻她的的额头，眼睛，眼泪、脸颊。不知道是太兴奋，还是触景生情，她哭得越厉害了，身子在大伟的怀抱里颤抖起来。大伟像哄孩子一样拍着她，同时继续把她的眼泪吻干。大伟坚定的嘴唇越来越有力，最后终于定格在方筝筝的唇上了。

“就这样去吧，这样去吧，你是唯一知道我的人（So it goes, and so it goes, you are the only one who knows）。”歌曲的结尾是这样写的，而他们真是这样的。

歌曲已经停止了，然而他们的热吻还没有结束，因为他们终于找到了共同属于他们的东西——激情和爱情。

（七）

经过几个月的筹备，欧阳杰的工程已经正式开工了。开工以后马上要解决的问题就是如何按照当地设计师和市政建设标准来施工。如果不能达到这个标准，完工的时候就不能通过验收，到那个时候一切都晚了。为了能够符合当地的施工要求，欧阳杰建议聘请一位有多年设计和施工经验的南非设计师做顾问。这个顾问每周都要来检查施工的质量，有问题可以及时纠正，这样做就避免了把所有的风险都放到最后了。公司领导很欣赏这个建议，欣然同意了他这个请求。

经过协商，欧阳杰的公司又把萨博丽娜借了过来。她主要负责施工队伍和南非设计顾问之间的沟通问题。同时她还要负责施工过程中所有的英文资料的翻译，以保证各方面的吻合和协调。当然，在这个期间，她的工资完全由欧阳杰的公司支付。

另一个方面，就是如何节约成本。虽然南非属于非洲，但是它的经济发展程度很高，在非洲大陆绝对是老大。物价也比较高，特别是建材的价格比国内高很多。为了能更好地节约成本，增大公司的利润，公司采用了从国内采购建筑材料，然后通过海运运输到南非的方式。要知道公司投标时候所采用的价格都是南非市场价格。采用从国内组织建材的方式使这个项目的利润率可以提高 1 到 1.5 倍。经过详细的计算，如果以后建设项目中所有的装饰材料、家具、办公用品等等都从中国购买的话，那么利润率还要高。

公司的领导为了能够保证施工质量，决定给所有的施工人员加薪。而管理层次人员的工资会提高的更多。作为这个项目的主要负责人之一，欧阳杰的工资也得到了大幅度地提高。除了国内的工资保持不变以外，公司每个月还给欧阳杰在南非补助两千美金。

这个消息公布以后，更激发了施工队伍的工作热情和斗志，大家都发誓一定要好好干。不但要给中国的建筑工人争光，还要给公司争光。他们就这样没日没夜的工作着。

一天，大家正在休息，邮递员过来了，大家立即把他围住了，他手中拿的不只是普通的信件，而是国内寄来的一份份温暖。信发完以后，邮递员把最后一封信递给了欧阳杰。欧阳杰也很激动，猜想这一定是国内家人或者是朋友寄来的信件。可是看到信封上面却是从约翰内斯堡市政厅寄出来的，上面写着“施工队伍负责人收”。

他急忙打开了信件，原来是一封起诉书。由于他们的施工噪音太大，影响了周围居民的正常休息，那些居民要求他们立即停工，还要赔偿精神损失。

看到这里，欧阳杰一下子呆了。如果停工的话，就不能按时完工，而不能按时完工的话，根据协议就要扣掉工程款。欧阳杰镇定了一下，仔细回想了一下他们的施工是否影响了周围的居民。在投标的时候，他们已经考虑到了这个因素，所以在夜间和周末都没有施工。他又仔细想了想，突然意识到了他们还是有错误的。他们的工人夜间经常加班，虽然是在室内，但是他们的工地有一面和一栋大楼共用一堵墙，英文就是“party wall”。他记得在答辩结束的时候，那位英国的设计师还提醒过他一定要处理好共用墙。那时候他没有在意，更没有仔细考虑过，今天想起来很后悔自己为什么这么简单的问题都没有想到过。

他们的施工领导班子立即开了一个紧急会议，做出了以下决定：

查清起诉背后的原因，谁是发起人？

立即停止白天的外部施工，同时停止夜间内部施工。这样表面看，整个工地还是遵守了南非的法律要求而暂时停工了。

协调各方面的关系，争取到最好的结果。

这件事的处理交给欧阳杰和萨博丽娜负责。

经过一天的紧张工作，终于查清了起诉的真正原因和发起人。和欧阳杰估计的差不多。起诉的原因有两个，首先是公共墙的另一侧住着二十余户人家。施工队伍夜间加班的时候，又是敲打，又是钻，他们基本上无法休息。

另一个原因，也许是在施工的时候，晚上为了安全和防止盗窃，就一直开着能把整个工地周围照得雪亮的大灯，而这个大灯也把周围居民的家里照得如同白昼一样。所以，有两户老夫妻再也不能容忍了，就联合了周围几十户人家联名起诉中国这个施工队伍。

欧阳杰考虑处理这件事情一定要谨慎。如果我们中国人直接找他们，关系会搞得越来越僵。于是他想到了萨博丽娜。她是南非人，应该发挥她的优势。而萨博丽娜这几天也在考虑怎么能更好地处理这个问题。

“萨博丽娜，南非执法是不是很严谨啊？”欧阳杰在用中国人的思维方式思考这个问题。他考虑如果要是法院能通融一下的话，他们可以边施工，边处理这件事情，这样可以不耽误工期。而现在工人都在闲置着，工期只能往后拖，他心急如焚。

“南非的执法非常严。我们根本不能从中得到任何周旋的余地。”萨博丽娜好像看透了欧阳杰的心思。她接着说：“我们可以逆向思考这个问题。如果我们能让这些居民撤销起诉，法院就不会干涉了。”

听到这里，欧阳杰的眼睛一亮：对啊，我们应该好好做好这些居民的思想工作，如果能把他们说通了，起诉就可以撤销了。但是他仔细一想，这些南非人，特别是那些老人，都是从荷兰和英国移民过来的，年龄大，思想又顽固，要想说通他们谈何容易。

“他们会和我们谈吗？”欧阳杰却没有任何把握。

“我可以先去试一试。我英语和荷兰语都可以说。和他们交流没有问题。最重要的我是南非人，他们对我没有戒心，还有我是一个女生，一般人都不会给我脸色看的。”说完，她还冲着欧阳杰开心地一笑。

看到萨博丽娜极富阳光的笑脸，欧阳杰心中的烦恼也去了一半，他停顿了一下说：“那你一会儿就去试试吧。”

一个多小时以后，萨博丽娜阴沉着脸回来了。她告诉欧阳杰：“我去找了那两家老人，他们起初对我还很客气。一听说我是为这事情来的，脸色就不对了。”她接着说，“有一个老人身体不好，每天晚上头痛、失眠，特别是听到那种突突突钻墙的噪声，她的脑袋都要炸了。后来，她的丈夫很激动，差点把我赶出去。”

萨博丽娜感到很委屈。看到这里，欧阳杰心里也不好受，他本想走过去抱抱她，给她精神上的安慰，但是他没有，只是过去拍了拍她的肩膀，即使是这样，萨博丽娜也感到无比满足。

自从上次遗忘图纸的事情以后，她对欧阳杰的感觉越来越好，经常留意欧阳杰的一举一动，他每一举手每一投足都深深地印在了她的脑海里。而现在欧阳杰轻轻地拍了她一下，就给了她无比的动力和工作的激情。

她突然对欧阳杰说："我想到了一个好办法。"

"什么好办法？说来听听。"欧阳杰正在发愁下一步怎么做呢。

"我的爷爷和姥爷过去都住过这里。他们还是这里一个老人俱乐部的组织者呢。如果让他们出面就好多了。"

"你别说，这个方法可能还真行。"欧阳杰脱口而出。不过又一想，不能欠萨博丽娜太多了，这都是她的分外之事，再说他也看出了萨博丽娜对他有好感，而他的心里面早已经让筝筝占满了。所以他接着又说："这样做不好吧。太麻烦你和你们家人了。"

萨博丽娜说："工作要紧。不要考虑那么多了。"

欧阳杰一想，这也许是没有办法的办法了。于是说："好吧。那先谢谢你的家人了。"

这一招果然灵验。原来萨博丽娜的爷爷和姥爷都是这里老人俱乐部的发起人，他们每周还在一起活动，有的打门球，有的去玩 BINGO。都是几十年的交情了，关系非常好。萨博丽娜的家人一出马，这些老人都非常给面子。

欧阳杰以为只有在中国才讲人情和关系，没想到在南非也是一样。是啊，人心都是肉长的，谁没有朋友和感情呢。不过和中国不同的是，虽然南非人比较重情义、讲关系，但是一切都在原则之内的。

欧阳杰邀请这些老人来到了他们的工地办公室，经过协商，欧阳杰的施工队写了保证书，保证他们不会在邻居们的休息时间，特别是晚上和周末工作。同时，夜间一定要关掉工地外面可以把黑夜变成白昼的探照灯。协商会结束以后，大家相互聊了起来，欧阳杰把他们从中国带来的好吃的食品送给了这些邻居们，大家有说有笑，居然成了朋友。随工地来的医生是学中医的，他说他可以替那个老人免费扎针灸，治疗头痛的病。他这么一承诺，好几个老人都要求他给他们也扎针灸了。从此，这个医生就多了一份额外的义务工作。

次日，这些邻居们撤销了起诉。欧阳杰如释重负，长长地舒了一口气。施工终于可以继续进行了。他此时的心情和开心的表情没有能逃过萨博丽娜的眼睛，她也很高兴，她终于为欧阳杰做了一件事情，心里平衡了许多。欧阳杰走过来说："萨博丽娜，我该怎么感谢你呀？下班以后请你吃饭吧。"

萨博丽娜听了以后，很是兴奋，立即答应了他的邀请。

傍晚时分，欧阳杰在约好的地方等着萨博丽娜。约好的时间都过了 5 分钟了，萨博丽娜还没有来，又等了 10 分钟，还不见她的身影，他有些着急了，难道约好的地方不对吗？正在他纳闷的时候，看见一辆白色跑车出现在他的眼前，开车的是一个非常时髦的女郎，和在电影里看到的好莱坞影片镜头一样。他正看着车，好像觉得车上的女郎正在向他招手，他又仔细一看，原来是萨博丽娜。

他走到车跟前说："是你呀，我差点没有认出你。"

"这里不能停车，先上车再说。"说着，帮他把车门打开了。说实在，这还是欧阳杰第一次坐跑车。

"以前没有见过你开车呀。"他总是爱打破沙锅问到底。

"我觉得你选的地方不好，我带你去一家约翰内斯堡最有名的餐厅，顺便带你在市区转一转，看你来到我们国家以后，每天除了工作就是工作，真有点于心不忍。所以，我就开我爸爸的车出来了。

欧阳杰听了以后很感激，同时又怕欠萨博丽娜太多了。还有一个重要的原因，那就是他没有带那么多钱。如果他们去了约翰内斯堡最有名的地方吃饭，那一定贵得很。如果付不起帐怎么办呀？他有点犹豫，说："萨博丽娜，咱们别搞得那么复杂好吧？随便吃点就可以了吧？"

"那可不行，我帮了你这么大的忙，你就那么随便对付我呀！"她不过是在和他开玩笑而已。如果要不是她喜欢的人，别说请她吃饭了，就是给她一颗大钻石，她也不会要的。

她好像看出了欧阳杰的心思："你放心，我不会带你去昂贵的地方吃饭的。就是去了，我也不会让你付账的。"她一边开车，一边笑着和他说着。

欧阳杰一想自己也太小心眼了，大不了就把自己押在那里呗。他想开了，既然出来了，就玩个痛快。他听着萨博丽娜说话，不时地转过头看看她。她真的太漂亮了，特别是她穿的是白色的连衣裙，那一头秀发随着车快速向前奔驰而向后飘逸着。道路两侧是那种显得很优雅的阔叶树，他们的车一经过，这些树好像也活了，一排排地向后闪着。欧阳杰很惬意，此情此景似乎应该是在电影里面。

这时候，他想到了方筝筝，由于这两个星期他一直在忙着施工和处理起诉的事情，也没有给她打个电话。如果筝筝能在就好了。他计划在他们完工之前，一定把她请过来在南非好好玩玩。

"你怎么不说话呀？那就听我说吗。"萨博丽娜的问话打断了他的思路。他急忙说："没事儿，我正在边听你说，边欣赏美景呢。"

萨博丽娜介绍说："我们现在是在玫瑰岸区（RoseBank），你别看没有高楼大厦，这里却是约翰内斯堡最有格调、最美丽的地区之一。"听着介绍，欧阳杰仔细看了看，果然这地方美丽优雅，风格各异的豪华花园别墅半掩在浓密的法国梧桐和绿树鲜花中，如果是在一个无人的晚上，在别墅区的幽静街道上一定能够听到风吹树叶的沙沙声和花香鸟语，浪漫之极。

欧阳杰情不自禁地感叹道："没想到约翰内斯堡还有如此漂亮的地方。"

"呵呵，那么小看我的家乡啊。我们城市还有更漂亮的地方呢。一会儿我们会路过钻石大厦。这是位于约翰内斯堡的德比尔斯钻石大厦。德比尔斯是世界上最大的钻石公司，据说每年的销售额能达65亿美金呢。"

欧阳杰一看，果然这个大厦的建造非常有特色。首先，它的用材基本上采用了浅蓝色的玻璃，其次，它本身就是一个钻石的形状。在夕阳的照耀下，该大厦犹如一块发光的钻石，折射出一道道金光，真不愧是钻石之都啊。

“我们一会儿去沙顿区（Sandton）。这个区是约翰内斯堡发展的新象征。原来从老市中心撤出的大公司都搬到这里来办公。所以这里集中了多家银行、文化设施、餐饮、商场和饭店，其中沙顿城里面有五星级酒店、银行、书店、大型CD店、名牌服装专卖店、超市、艺术品店、珠宝店、电器店、各种风格的餐厅、咖啡店、酒吧，还有放映厅……”萨博丽娜一口气说出了一大串名字。

欧阳杰看到了面前一片繁华的市区，就问：“前面就是了吧？”

“是的，我们一会儿到最高的餐厅去吃饭，到时候你就可以把整个城市的夜景都看到了。”欧阳杰真的非常感激萨博丽娜，如果没有她带他来这些地方，恐怕他印象中的约翰内斯堡就永远是他们工地附近的样子了。而今，他开了眼界，使他更多地了解了他已经在这里生活了半年多的城市。

萨博丽娜带他来到了一个最高的餐厅，他们找了一个靠窗的位置坐下了，透过落地的窗户，欧阳杰看到今天的约翰内斯堡已经是一个繁华的现代化大都市。造型各异的高大建筑物鳞次栉比，四通八达的道路网覆盖整个城市，银行、交易所的大厦灯火通明，环境幽雅的现代购物中心随处可见。现在正值夜幕降临，整个城市灯火通明，建筑物上的霓虹灯齐放异彩，更增添了现代大都市的氛围。

他们附近就餐的有黑人、白人、还有亚洲人，都向他投来了羡慕的眼光。是呀，在这种如醉如梦的环境下，有一个美貌佳人和你一起进餐，谁能不羡慕呀？

所有的饭菜都是萨博丽娜点的，他们就这样开心地边吃边聊。饭后，萨博丽娜又点了一杯咖啡，出于好奇，欧阳杰随便问了一句：“这里一杯咖啡多少钱？”

萨博丽娜开玩笑地说：“问这个干什么？没有带钱呀？”她指一下菜单，说：“上面写着呢。”欧阳杰一看，简直不相信自己的眼睛，在这种地方喝咖啡怎么才 3 个美金，还不到 20 元。在北京的星巴克喝一杯咖啡还要差不多 30 元呢。

“这么便宜啊！”他几乎叫了出来。萨博丽娜笑着说：“饭菜也不贵。我没有‘宰’你吧。”

账单送过来以后，欧阳杰发现这么好的饭菜才八十多美金，起初他还以为要两百多美金呢。

吃完晚饭以后，萨博丽娜还要带他去别的地方看看，欧阳杰一方面是想着给方筝筝打电话，另一方面还担心明天的工作，就委婉地说：“今天晚上还要加班，把明天要做的事情先要准备一下。咱们改日吧。”

萨博丽娜开车送他到了他们的驻地。车停下来以后，她默默地看着欧阳杰，在淡淡的灯光下，欧阳杰透出一种不寻常的男人气息，让萨博丽娜很是留恋。她说：“欧阳杰，你不拥抱我一下再走吗？”

谁不喜欢美丽可爱的女人啊？！但是他的心中已经充满了筝筝，已经没有任何余地给别人了。他也明白萨博丽娜很喜欢他。为了不让她今后再投入更多的感情，欧阳杰犹豫了一下，说：“萨博丽娜，你自己也明白每一个男人都很喜欢你。我也喜欢你。可是我已经承诺了另一个女孩子，她已经把我整个心都占满了。”

听了以后，萨博丽娜伤感地说：“你的事情我早已经知道了。我就是喜欢你这样有责任感的男人。”她有点哽咽了，接着说，“可是我也喜欢你。只要你不结婚，我就有权利喜欢你。你知道我每天都在想你，都想见到你。你知道喜欢你有多么痛苦啊！”

说完，她真的动情了。欧阳杰听了这些，看到她微微抖动的身体，也不知所措了。

“抱抱我吧，真的，我好孤独。”欧阳杰原来以为这么漂亮的女人，周围的男人应该数不胜数，怎么还会有孤独感呢？南非的女人也是女人，而女人的感情一旦投入而不能得到相应回报的话，就会无比的孤独。

欧阳杰转过去，准备轻轻地拥抱一下萨博丽娜，借以给她一些安慰，没想到萨博丽娜用双臂紧紧地搂住了他，他闻到了萨博丽娜诱人的体香，还有感觉到了贴在他身体上的那两扇酥胸。即使是这样，他的心还在想着大洋彼岸遥远的筝筝。萨博丽娜和筝筝都是优秀的好女人。

过了一会儿，欧阳杰慢慢地推开萨博丽娜说：“回去吧，开车一定要小心。”说完，他头也没有回，笔直地走进了大厦。

跑车发动机的轰鸣声划破夜空，瞬间消逝。

（八）

方筝筝今天很早就来到了医院。自从那个晚上她和以前的男朋友大伟和好如初以后，每天都在享受着大伟给她带来的快乐。单独一个人的时候，方筝筝会经常问自己：我这是一时的冲动，还是内心久盼的情感，还是源于孤独寂寞？

方筝筝不是那种喜欢冲动的人，这也是她在大学期间学习成绩为什么一直那么优秀的原因，每当学校遇有什么值得庆祝的事情的时候，大家都要拉着她出去唱歌、蹦迪，她总是那么平静地拒绝邀请。

如果说是寂寞的使然呢？也不是，方筝筝总能找到喜欢的事情做，用以充实自己的生活。想来想去，她认为自己的抉择没有错，她的心底一直深深地爱着大伟，只有他才能给予他安全，才能把她内心世界的那盏灯拨亮。

不过她还是放不下欧阳杰。对他来讲，欧阳杰好像就是她的亲人，对待亲人的感觉就是不一定要时时刻刻地想，但是却要时常地思念。如果欧阳杰和她没有这层关系的话，这个时候她肯定会听听欧阳杰的意见以后再做选择。在没有和欧阳杰打一声招呼的情况下，她就选择了大伟，她觉得很对不住欧阳杰，可是情感这东西又不能将就。

已经有 2 个星期没有接到欧阳杰的电话了。她内心很矛盾，一方面很希望接到他的电话，听他那种熟悉而浑厚的声音；另一方面又不敢接到他的电话，是告诉还是不告诉她和大伟的关系已经恢复了呢？如果他知道了一定要伤心死了。她有一种感觉，欧阳杰今天就会给她打电话。正想着，她的手机铃声响了，是欧阳杰！她紧张的心怦怦地要跳出来了。

“喂，你好！”方筝筝接电话时候的第一句话永远是“喂，你好”，已经养成习惯了。

“筝筝，你好！”又听见了方筝筝的声音，欧阳杰很兴奋。“好久没有给你打电话了，你最近还好吗？”

“还好，还好。”也许是太紧张了，也许是太心虚了，她说话一点底气都没有。

“你也还、还、还好吧？”她居然有些结结巴巴了。

欧阳杰听出来了方筝筝电话里的声音怎么和以前一点都不一样啊，那么不自信。难道她不舒服，还是最近太忙给累着了。于是他说：“你说话口气怎么和以前不一样了。是不是太累了?,”恋爱中的人都是敏感的。

“是的，这两天帮着主治医生做了几个大手术，一直都缓不过来。”她只能这样说了。“对了，你那里几点了？”她故意把话题岔开了。

“我这里已经是夜里一点多了。”昨天晚上萨博丽娜给欧阳杰送回家以后，他身上依然保留着她的香水味。这种味道让他有了很多遐想，多少男人都在盯着萨博丽娜呢？他觉得她怎么就会喜欢自己呢？！

即使是那种香味附在他的身体上久久不能散去，他还是想念着方筝筝，她们两个要是一个人就好了。他想立即就给方筝筝打一个电话，但是又怕太早了，所以他连灯也没有开，就一个人坐在沙发上思考着，憧憬着他和方筝筝美好的未来。而从萨博丽娜身上带回来的香水味，又让他春心荡漾，他就在这双重感觉中度过了两个小时。他估计着方筝筝已经在上班了，就拨通了这个电话。

“你还没有睡啊？”方筝筝有点没话找话说的味道。“我们今天可能会很忙。我已经看见有不少病人在外面排队了，等着看病了。”

能听见方筝筝的声音，欧阳杰就很满足了。听她说了这句话以后，就不想再耽误方筝筝上班的时间了，就说：“那你先忙吧。我改日再打电话给你。不过，你千万要注意身体，别累着自己，多吃点有营养的食品，多休息……”他一连嘱咐了一大堆，不过这些都是欧阳杰衷心的祝愿。

“嗯，嗯。”尽管方筝筝的心中已经有了大伟，可是听到这些真诚的嘱咐，还是非常感动。她一边听电话，一边不住地点头，好像欧阳杰能看见她似的。

“那我把电话挂了。我想你……”欧阳杰说完没有听见方筝筝有什么回复，就接着问：“还在吗？”

“在，在。拜，拜拜。”方筝筝实际上想要说的话太多太多了。她想征求他对她选择的意见，可是欧阳杰偏偏又是主角之一；她想告诉欧阳杰她已经选择了大伟，为的是让欧阳杰早点明白而摆脱痛苦；她还想告诉他，她也很想欧阳杰，很想多听听他低低的嗓音……

然而她什么也没有说，只听见了电话挂断了以后那熟悉的“嘟，嘟”声响。

由于和邻居签了协议，周末除了内部一些施工的工作需要做以外，其它工作基本上都停工了。所有施工人员都有双休日。以前大家都觉得时间不够用，而现在觉得时间没有办法打发。总公司每次来人的时候，都会带给这些施工人员很多国内电视连续剧影碟，每逢周末和晚上，看这些影碟机就是他们的主要娱乐方式了。

欧阳杰也一下子觉得时间富裕了很多，这就更加令他思念远方的方筝筝了，每次看到那经常给方筝筝打电话的电话亭，就像看见了方筝筝一样，而每次拿起电话想给方筝筝打电话的时候，又怕方筝筝正在忙着，也不敢打扰。所以每次路过那个电话亭的时候，就多留意几眼。

这时候他想到了要给方筝筝买礼物的承诺。这大半年下来，欧阳杰也攒了不少美金，他准备给方筝筝买一颗质地最好的钻石送给她。其实在约翰内斯堡市中心也能买到质量最好的钻石，但是这些钻石经过无数个流通环节以后，价格已经高得不能再高了。据说市中心钻石商店卖的优等钻石价格都在 2 万美金一克拉。也有几千美金甚至几百美金就能一克拉的，不过质量却没有保证。

欧阳杰突然萌发了一个奇想：既然南非是钻石生产大国，为什么不利用双休日去开采地买钻石。这样得到的钻石既原汁原味，又可以便宜很多。他曾经看过一篇介绍南非钻石生产地的文章，其中主要介绍了金伯利小城镇。据介绍那里的钻石是世界钻石品质最好的，每天都有成千上万的人到那里淘钻石。他决定这个周末就去金伯利小镇。

周末，欧阳杰拿上了这些日子靠节衣缩食攒下来的一万美金，然后买了一张火车票就登上了去金伯利小镇的火车。火车上的人还真的不少，各种肤色的人都有。难道他们也去那里买钻石？另外一个车厢里好像还有一个中国人的团队，一个举着小旗的人在和大家讲话，似乎是这个团队的导游。“中国人真是到处都是啊，连这个偏僻的小镇都不放过。”

他胡乱想着，接着进入了梦乡。大约又过了两个多小时，火车到了金伯利小镇。欧阳杰这时候也醒了，他站起来，把衣服整理好，背包重新背好，大步伐地走出火车站，摆出一付一定要在这里淘到钻石的架势。

他向周围的人打听哪里是开采钻石的。他们告诉他往前走十几分钟就可以看到了。他按照所指的方向到达了目的地。那里已经聚集了很多人，但是好像都是旅游的，而不像是来买钻石的。大家都在排队买票。

“为什么买钻石还要花钱买票？”他很纳闷。他也跟着排队买票，到了窗口才发现这卖的是观摩开采钻石场地的参观票。这时候他明白了，这个地方早就不是什么钻石开采地了，已经成为南非很著名的旅游景点了。

不如也参观一下这个钻石开采场吧。他索性买了门票。等他走进里面，他惊讶无比，在他前面的是一个巨型大坑。据介绍这里原来是一块平地，一百多年以前，有人在这里发现了钻石，从此，每天都有 3 万多人到这里不分昼夜地在这里挖取钻石。久而久之就成了今天的样子。大坑口的面积有17万平方米，相当于24个足球场大，而且深达800米。共约有2250万吨泥土被挖了出来，从中提取了1450万克拉的钻石。一些世界上最著名的钻石就出自这一地区，但没有人真正知道。

那个时候，这个小镇上空每天都弥漫着血腥味道，为了一颗钻石而丧命的人比比皆是。后来，英国迪比尔斯钻石公司逐渐控制了金伯利钻石的开采权，经过了一百三十多年的开采，金伯利小镇的钻石资源已经接近枯竭。你挖得越深，开采出所需吨位的石料花费就越高，而钻石就越小，品质也越低。到最后投入和产出已经不成比例，开采钻石已经无利可图，从此迪比尔斯关闭了金伯利钻石的开采，而又投资了430万英镑改善“大坑”周围地区的环境。这个大坑是成千上万不顾一切地开采钻石者，硬是在地球挖出来的，它见证了钻石开采业的血腥历史。从此金伯利已经不再是钻石开采的象征，而是一个吸引全世界旅游者前来参观的旅游胜地了。

这个变化是欧阳杰最初万万没有想到的。他感到很迷茫，不知道下一步该怎么办了。于是他就到了附近一家卖钻石的商店，在那里他看到了各式各样的钻石，让他大开眼界。不过，这里面已经全然没有半点原始钻石矿的味道，一切都那么的商业化。欧阳杰先是被带进了一个封闭很好的小屋，一个长得很有气质的导购小姐为他介绍如何鉴别钻石；接着他又被带到了另一个房间参观，导购小姐告诉他，这几个技师正在根据客户的要求加工钻石。他们都是在比利时和荷兰接受过专业培训，加工技术绝对是世界一流的。最后，他又到成品房间参观，那里加工成谷式各样的钻石琳琅满目，令人目眩。他真有意在这里买一颗钻石算了。可是一问价格，吓了他一跳。这里优质的钻石，每一克拉居然卖到两万多美金。他带的钱还不够买半克拉的呢。

导购小姐看他面带难色，就说：“你觉得价格贵了吧。这些是我们这里价格最好的钻石了，也可以说是世界上最好的钻石了。不过，如果超过了你的承受能力，你可以选择质量稍微差一些的。我们按照 4C 要求已经把所有的钻石划分了五千个等级。如果你的经济能力实在不够，我建议你可以买有一点瑕疵的钻石，那就便宜多了。几百美金就可以买一克拉钻石。这些瑕疵肉眼一般是看不见的。”

欧阳杰认为要买就要买质量最好的，绝对不要有瑕疵的。可是价格却远远超过了他的支付能力。他问导购小姐：“有没有地方可以买到质量最好，而价格又是最便宜的钻石呢？”

导购小姐听了以后笑了起来：“先生，你知道吗？钻石是价值高、体小而轻的东西。运输钻石非常方便。所以任何地方的钻石价格都差不多。”她看欧阳杰好像的确是要买钻石的样子，就问：“你准备送给什么人？”

欧阳杰就把要送给方筝筝的事情说了。导购小姐听了很感动，就悄悄地对他说：“我知道迪比尔斯公司又在华尼迪亚新开了一个南非最大的钻石采矿场。据说产量是世界最大的。那里有不少粗加工的优等钻石出售，价格要比这里便宜一半。”

欧阳杰还没有听完，就说：“那我去那里看看。”说完就要往外走。

“等一下，我还没有告诉你地址呢，”说着她在一张纸上画了一个大致的地图，并且告诉他距离这里有 160 多公里，最后说：“那段火车很不安全。你要注意。”世界上还是好人多啊。

欧阳杰立即又登上了去华尼迪亚钻石开采矿的列车。一上车他就发现车里面乘客不多，而且大部分都是黑人，盯着他使劲看。欧阳杰心里没有底，他下意识地摸了摸自己的内衣口袋，钱依然还在，也就放心了。再说，光天化日之下，就是有坏人也不敢对他怎么样。

到了华尼迪亚以后，果真这里有不少卖粗加工过钻石的小店。他到了一家小店看到了一块半成品的钻石，店主用生硬的英语给他介绍这块钻石。他说这块钻石有 3 克拉重，是最好的钻石，如果加工好了的话，按照现在的市场价，可以卖到 4 万美金。如果欧阳杰现在买的话，一万美金就可以了。

欧阳杰用他外行的眼光看了看，果然是一颗好钻石，又白又透，还有 3 克拉的重量，他下决心就买它了。正在这个时候，一直在门口站着的一位老人，一瘸一拐地走了进来。他拉了他一下，示意跟他一起出去。欧阳杰跟了出去。

“你是中国人吗？”他问欧阳杰。

“我是呀。”欧阳杰回答道。

那位老人向他竖起了大拇指说：“中国人，好！”他们两个这么一打招呼竟然成了朋友，随即放开地聊了起来。

这位老人是赞比亚人，20 世纪 70 年代中国援助非洲修建坦赞铁路的时候，这位老人就是赞比亚工程队的领导。有一天，他和一个工人一起开凿铺路基的大石头块，一不小心大石头压在了自己的腿上，那个工人使了吃奶的劲就是搬不动这块石头。这个时候正好有两个中国工程师路过此地，他们找来了一根长木头，然后架在一块石头上，利用杠杆的原理先把石头翘起来，然后把他的腿从石头底下拉了出来。接着又把他背到了很远的医疗所，援外的中国医生告诉他：如果再晚一点，你的这条腿就保不住了。经过中国医生的精心治疗，他的腿终于保住了，尽管走起路来还是有点一瘸一拐的。

老人讲到这里又伸出了大拇指：“中国人，好啊！”他还告诉欧阳杰，自从他好了以后，曾经去医院找过解救过他的那两位工程师和那位中国医生，结果他们都回中国了。以后他一直想找个合适的机会报答他们。

这位老人在铁路修完了以后，又受雇带着他的工人来南非开采矿石。那个时候，开采钻石还没有现在管理得那么严格，他们当工头的，经常把一些次品带回家。有的工人还特意把优等的钻石扔到次品里，然后下班后

带回家。

“那您肯定能识别真假钻石啦？”欧阳杰刚才还发愁自己不能判断真假钻石呢，这下子有了救星了。“你说我刚才看的那颗钻石是真的吗？可以买吗？”

“那块钻石啊？”老人咳嗽了几下，说：“那绝对是真的。可是他的形状不好，已经无法加工了。就是再高明的技师，也不能把它切成58个断面，就是能切的话，这个钻石能剩下半克拉就不错了。这也就是我拉你出来的原因。”欧阳杰听了以后，出了一身冷汗。

老人接着说：“你跟我来我家吧。”欧阳杰就跟着来到了老人的家里。老人进门以后，把门反锁上，然后从柜子里拿出了一个精美的盒子。

他小心翼翼慢慢地打开盒子，刚打开一半，从里面就已经闪现出了晶莹地亮光。好的钻石只要有一点光就可以把它内在的光芒完全地折射出来。等到全部打开以后，欧阳杰看见了里面至少有十多颗钻石，它们虽然大小不一，形状各异，但是却闪耀着同样的光芒。

“这些都是我那些年采矿保留下来的。每一颗都有特殊的意义。”说着，他拿出了那颗最大的钻石，说：“这颗钻石是我的一个朋友的遗物，有一次他所在的矿塌了。他被压在了地下，再也没有活过来。他的遗物除了几件衣服以外，就只有这颗钻石了。我会在适当的时候回我的家乡赞比亚，把这颗钻石交给他的家人。”

老人说的话再次印证了钻石的开采，实际上就是一个血泪交加的过程。在欧洲名门贵族手中玩弄钻石的时候，有多少人知道这是由无数个黑人生命换来的啊。

老人又仔细地看了一下欧阳杰：“我看你是中国人，样子也像一个善良的人。我把我最喜爱的一颗钻石送给你，借以表示我对中国朋友，对救过我的工程师和医生表示感谢。”言毕，他从盒子里取出了一颗大约有3克拉重的椭圆形钻石，钻石在他的手里闪闪发光，犹如有了生命，且正在向新的主人问好。

欧阳杰一下子慌了，连忙摆手说："不行、不行，这可不行。我不能白要你的东西。"

"这颗钻石不完全送给你的，我主要还是想借你来转达我对中国朋友的感谢。你必须收下。"看着老人坚毅的目光，欧阳杰没有再推托。他同时感叹我们在非洲的前辈们给我们后一代铺平了道路，真可谓：前人栽树，后人乘凉呀。

欧阳杰看了看这块钻石，基本上是一个成品。如果再精细地加工一下，效果会更好。不过他不会再去加工它，因为这已经是一块不平常的无价钻石了。

临出门的时候，欧阳杰偷偷地拿出了那一万美金，放在了老人的桌子上了。这美金可能不足以买这颗钻石的五分之一，但通过它，至少可以表达中国对非洲人民的感激之情。出门以后，他和老人说："我给你留了一些钱在桌子上，算是我代表中国人给你的一点心意。"

老人没有说什么，只是握着欧阳杰的手连声说："中国人好，好，好呀。"

等到欧阳杰坐上回约翰内斯堡的火车的时候，天已经黑了。由于是支线火车，速度很慢。照这个速度，到家也要夜里一点多了。他闭上眼睛，回想起今天所发生的一切，深有感触。他想到了方筝筝，觉得方筝筝的运气太好了，这个钻石不在于它的价格，而在于它的意义，从这点来讲，方筝筝将来佩戴的将是一颗无价的，体现着中非友谊的钻石。想到方筝筝戴着这颗钻石光彩照人的样子，他笑了，而且是那样的甜。

突然，一个很粗的声音把他惊醒了。"别动，把所有的钱都交出来！"糟了，他遇上火车打劫的了。

火车上已经没有什么乘客了。四个打劫的黑人，两个在他这里，另外两个在火车的另一头抢钱。欧阳杰把他口袋里剩下的所有零钱都拿了出来，这两个黑人不相信就这么些钱，要翻他的衣服。其中一个黑人好像看到欧阳杰的手里攥着东西，就要打开看看，而欧阳杰用两只手紧紧地握着，那个黑人怎么也不能掰开，他索性掏出了匕首用力扎向欧阳杰的手背。欧阳杰疼痛地大叫一声，只见鲜血喷流了出来，可是他的双手依然还攥得紧紧地。

这个时候，一个黑人说："那边乘警来了，快跑。"几个人快速地逃走了。

欧阳杰张开一直握得紧紧地双手，看见那个钻石依然还在那里，正在和他眨着眼睛。而他的一滴血也滴到了手掌的中央，一下子把钻石全染红了。

（九）

当欧阳杰回到驻地的时候，已经夜里一点多了。他的手背疼痛难忍，为了不让自己的伤口恶化，他还是敲开了工程队医生房间的门。医生一看是欧阳杰带着伤回来了，立即把欧阳杰让了进来，然后操着爱护口气问："怎么搞的，这么晚才回来，还挂着彩？"

"路上遇到两个抢钱的，我攥着钱包死活也没有给他们。他们就用匕首把我的手给扎了。"欧阳杰没有说是为了保护给方筝筝的钻石而受的伤。

"哎呀，还真伤的不轻啊。"医生一边检查一边说："都快把手扎透了。我看你得和我去医务室，要先给你打一针破伤风，然后再给你好好包扎一下。"在医务室，大夫打针的时候还接着说："以后有人抢你钱的话，就给他。人命要紧。"

是啊，欧阳杰也是这么想的。可是那块钻石的意义不同。那不仅仅是代表着非洲人民对中国人的一片感激之心，更重要的是那颗钻石是要送给方筝筝的，这比他的命都重要。

伤口包扎完毕以后，欧阳杰非常感激。老大夫热情，责任心强，医术也很高，他是从公司的合同医院一百多名医生中挑选出来的。

"真的太感激你了。这么晚了，还把你给叫了起来。"欧阳杰向医生道谢。

"打扰我睡觉倒没有什么。可是如果你的手明天发炎了怎么办？我可不希望你在这里发生什么不好的事情。"

医生突然想起了什么，接着说："哎呀，我差点给忘了。你和我来一趟，今天有你一封信，我帮你拿过来了。"

欧阳杰内心一阵的激动，难道是方筝筝的信？他一下子来了精神："那

快点回你那里！”

“瞧给你急的，一定是老婆的信吧！”医生边走边和他开玩笑地说着。

现在电子邮件和通讯技术都已经很发达了，可是不少人还是不愿意接受新的通信方式，而愿意保留那种传统的通信方式。他们项目的绝大部分人除了偶尔给家里打电话，就是每天期盼国内的来信。看到这种依然散发着阵阵墨香的信，触摸着亲人曾经触摸过的信纸和信封，就如同看到了亲人。电子邮件虽然可以即时传递信息，但是却没有了那种期盼和拿到家书时候的喜悦感觉。

欧阳杰从医生处拿到了那封信，一看地址就知道是方筝筝寄来的。他赶紧跑回了自己的房间，准备一会儿要静下心来好好地读方筝筝的来信。这时候，他的肚子开始叫了，都七八个小时没有吃东西了。国内每次来人都会带给他不少方便面。他烧开了水，然后就把方便面泡上了。

他把方便面碗放到了茶几上，然后坐了下来。他拿出了方筝筝的那封信，看了又看，捏了又捏，好像里面还有卡片。他情不自禁地用嘴吻了一下信封，此时，方筝筝好像就在他的面前，他贪婪地闻着方筝筝遗留在信封上面的味道。

接着，他拿起了剪刀，格外小心地沿着信封的边把信封剪开。他抽出了方筝筝的信，原来里面还夹着一张方筝筝的照片。那就是那天晚上方筝筝值夜班的时候精心为欧阳杰挑选出来的写真照片。方筝筝身着微透的白纱，披着一泄如布的黑色头发，贤淑，大方，性感，可爱。欧阳杰仔细端量着照片，禁不住又亲了一下照片上的方筝筝。

他把照片翻过来，看见了那首小诗：

花开会有期，
即使在冬季。

竹不与花争，
水映木更杰。

读完前两句，欧阳杰好像看出了方筝筝还在犹豫不定的心情，他就暗暗地发誓："方筝筝，我不会让你失望的。我要好好努力，一定让你的花为我而开。"

他读到后面的两句的时候，没想到方筝筝还真有一定的文学天分。虽然整体看，好像欠缺了什么，但是不能否认最后一句写得还真很漂亮。方筝筝，我是竹，你是花，有我的陪衬，你会更鲜艳；你是水，我是木，没有你，我不知道我是否能活。

桌上飘过来了方便面的香味。欧阳杰在桌上面展开了信，同时把方便面拿到了跟前，这样就可以边吃面，边看信。

他迫不及待地用筷子挑起了面就往嘴里送。他真的太饿了。可是他的眼睛却没有离开过展开在桌面上的信。那一行行娟秀的字迹走进了他的视线。

"欧阳杰，你好。我一直在思考我们两人之间究竟是一种什么样的感情。我现在似乎想明白了，你给我的感觉永远像我的兄长一样，难以逾越。"

看到这里，欧阳杰的大脑"嗡"的一下，差一点晕了过去。这个时候，他的嘴里还挂着长长的面条，他连把面条吃到嘴里的勇气都没有了。夜深人静，他的身体一阵阵地发冷。他劝自己一定要镇定，一定要镇定，好把这封信读完。

我一直也不知道怎么跟你说这件事。前一段日子，我很巧合地见到了我以前的男朋友大伟，在过去近两年的时间，我们都为彼此改变了很多，但是连我自己都不相信，我发现我的内心深处依然还在想着他，留恋着他，甚至可以说还爱着他。他给了我一种说不出来的感觉，让我激动，让我冲动，让我兴奋，让我每一天脑子里都必须充满着他的影子，让我为他可以牺牲一切。这也许就是我们常说的爱情吧。可是和你在一起，我却找不到这些感觉。

原谅我最终还是选择了爱情，原谅我为了追求爱请而放弃了你。在我的心目中，你永远是我的大哥哥，而我永远也是你的好妹妹。我相信你是爱我的，你会为我祝福的。

在我没有遇到大伟以前，我准备把我的写真照片连同我试着写给你的小诗寄给你。后来觉得不妥。现在想来，既然是以前的决定，还是应该寄给你。希望你不会孤单。

看到这里，你也许会很痛苦，如果你痛苦，能哭你就哭，最好能发泄出来。

筝筝

欧阳杰读完这封信，脸上没有任何表情，他在回忆着他和方筝筝一起的美好时光。他似乎看到了方筝筝和他漫步在江边。路灯下，方筝筝扬起那张天真可爱的脸，正在向他微笑；他似乎看到了方筝筝那个晚上睡在他的房间，是那样的安详；他好像又找到了他的手体验方筝筝身体无比美丽的感觉；他仿佛听见了电话里方筝筝那种脆而甜的嗓音；他也想起了昨天为了方筝筝，宁愿让那把匕首扎在自己的手背上。

他继续发着呆，手里还拿着吃面的筷子，眼睛一直盯着还剩下大半碗的方便面。这一切太突然了，一点心理准备都没有，他曾经设想方筝筝看到这颗有意义的钻石将多么喜悦；设想过他们有一天可以到拉斯维加斯去结婚。而现在，所有设想都成了泡影。欧阳杰感到自己已经失去了生活的方向，目的和信心。在这之前，他工作兢兢业业，刻苦认真，生活积极乐观，这一切都源于他对方筝筝产生爱情的原动力。

欧阳杰是一个感情很坚强的人。在他的记忆里，从他懂事以后就基本没有哭过。他还是眼睛盯着那碗方便面，一会儿，一滴水滴进了那半碗方便面，接着又是一滴，欧阳杰这才意识到原来那是自己的眼泪。

筝筝，你为什么就不能等我回国后再做决定？为什么就不能给我一个机会？你哪怕只给我 3 天的时间，让我有机会飞回到你的身边。那个夜晚，他伤感之极，一气呵成写完了以下的诗句：

请等我三日吧

秋色平仄
海光斑澜。
你要走了，
找寻曾经属于你的情感故乡。
等我三日吧！
三日后，我会回到你的身旁，
我有话要对你讲。
你依然离去，
带着悲伤，带着希望。
三年的情绪，
抵不上远方的憧憬，
急切远离的心境
使三日变得空想。
走吧，

这里的天空
已经容不下你；
走吧，
这里的大海，
已经不能托起你的胸膛。
走吧，
趁你远方的憧憬
仍然涟漪多彩。
走吧，
趁你远方的梦境
尚未破亡。
我又回到了
那片大海，
那个天空。
我又回到了
那个氛围，
那个只属于你我的小天堂。
俯下身去，
头，
贴到枕边，
手中搓揉着
你不经意留下的发丝。
轻轻地，
抱起棉被
吸吮着

你尚存的气息。
拿起水杯
倒入蜂蜜
水却比黄莲还苦，
低头方见，
水杯已被泪水填满。
远方是印度洋，
近处就是壮丽的好望角。
美景不属于
情感受伤的族人。
拿起左轮手枪
对准胸膛。
“砰”的一声巨响，
噩梦从此离开心肠。
只求你，
请等我三天吧！
除此，
没有别的奢想。

（十）

接下来的几天，欧阳杰就像换了一个人，整天默默地工作，同事们都搞不清楚他到底怎么了。后来随队医生告诉大家，那天晚上他收到了女朋友的来信。大家终于明白了，欧阳杰失恋了。

萨博丽娜的心情是最复杂的了。看到欧阳杰每天低迷的样子，她既心痛又觉得是一个机会。她很想帮助欧阳杰度过这个难关，可是又不知道怎么帮助他。她也不知道方筝筝的退出对她来讲是否真是一个机会。

又到周末了，萨博丽娜来到了欧阳杰的住处。她敲门敲了很久，欧阳杰才慢慢地把门打开。门一打开，一种呛鼻子的味道扑面而来，萨博丽娜赶紧下意识地捂住鼻子。这些日子欧阳杰的心情不好，每天下班回来就把自己反锁起来，以方便面充饥，茶几上已经堆满了空的方便面盒子，衣服也扔满了一地，几乎没有落脚的地方。

萨博丽娜感觉如果在这里多停留一分钟，都会有晕倒的可能。她赶紧走到了窗前，把所有的窗户打开，好让空气通畅一些。

“你来干什么？你要是觉得这里没法呆下去，你可以走。”欧阳杰看到她这样，很不客气地对她说。

萨博丽娜什么也没有说，打开窗户以后，又把空方便面盒子扔到垃圾桶里面，然后把地上的衣服都捡了起来，放在椅子上。

“你听见了没有？你别动我的东西！”欧阳杰几乎喊了起来。

萨博丽娜走到了欧阳杰的面前，直盯着欧阳杰，一幅对他不屑一顾的表情。欧阳杰也盯着萨博丽娜看，他还没有反应过来，就听见“啪”地一声，同时觉得左边的脸热辣辣的。萨博丽娜重重地打了他一个大嘴巴。

“我还以为你是一个英雄呢？原来是一个狗熊！”她冲着他大喊起来，“我看不起你。”说完，她的眼睛已经充满了泪水。“难道你们中国男人都是这样的！”

屋子里一阵沉默，接着萨博丽娜就向门口走出去。欧阳杰突然受到了这种刺激，一下子清醒了许多。“你可以骂我。但也不能把我们中国男人都捎上啊。”他心想。

“你给我回来！为什么骂我们中国男人？”他也大喊了一声。

萨博丽娜停住了脚步，转身走到欧阳杰的面前，用手摸了摸他的头发，又摸了摸那半边被她打过的脸，心痛地哭了。“我没有看不起你们中国男人，我只是希望你能回到从前的你。”

看到萨博丽娜哭得那么伤心，欧阳杰也暂时忘记了自己的痛苦，他用手把萨博丽娜脸上的泪珠擦掉，萨博丽娜同时也握住那只手，说：“我真害怕，害怕你从此一蹶不振了。”

“没关系的。我需要时间调整我自己。慢慢会好的。你放心吧。”说完，他看到萨博丽娜笑了，尽管眼里还闪着泪花。

“我们今天晚上出去放开地玩吧，把不愉快的事情全都给扔了，全都给忘了。”萨博丽娜建议说。

欧阳杰觉得他应该换一下环境了，就答应了。

萨博丽娜这次没有开车，他们就去了一家附近的酒吧，是那种又可以喝酒又可以跳舞的那种。他们坐下来以后，萨博丽娜要了一杯金汤力酒，欧阳杰不太懂洋酒，萨博丽娜就为他点了一杯朗姆酒加可乐。

金酒是伦敦的，有着强烈的杜松子味道，若加上略带苦味的汤力水，则苦中有一种清香。这种酒是萨博丽娜最喜欢喝的了，特别是在烦躁的时候，或者是在炎热的夏天。而那种朗姆酒的产地是牙买加，属于品质很高的酒，如果单独喝，很多人不能接受那种浓烈的味道，然而和可乐混合着喝，却有一种别样的感觉，喝一口，便似绝处逢生。

喝了几杯酒以后，欧阳杰终于把萨博丽娜当成一个自己的红颜知己，把他和方筝筝前前后后发生的一切都告诉了萨博丽娜。当他讲到去买钻石的经过以后，萨博丽娜尤其感动。

“你那只手让我看看。”萨博丽娜要求着。

欧阳杰伸出了还裹着纱布的那只手。看着那只手，想到那天被扎了一

刀的情景，萨博丽娜很是心痛。她把那只手举起来，轻轻地吻了一下，心想："一个好男人，一个难得的好男人"。接着她又温柔地吻了无数次，看着她所作的一切，欧阳杰对萨博丽娜又增添了许多好感。

由于是周末，酒吧里面挤满了人，不少人即兴在舞池里跳起了舞。黑人跳舞就是棒。他们是与生俱来的天赋，而这里的白人可能受了传染，也能跳得和黑人一样到位。客人越来越多，随着音乐节奏的变快，酒吧里面的气氛也就越来越活跃。也许是酒精的作用，不少人跑到了吧台上跳舞，使气氛更加热烈起来。

在这种热烈气氛的感染下，加上特殊心情的使然，欧阳杰也不清楚到底喝了多少杯朗姆酒，以至于当萨博丽娜拉着他去舞池跳舞的时候，他都没有犹豫一下就爽快答应了。要知道他从来对跳舞不感冒的。到了午夜时分，音乐渐渐放慢了，接着播放 Eric Clapton 的那首《你今天太棒了》歌曲。

那是欧阳杰最爱听的一首英文歌曲，大概意思是：一对恋人出去参加晚会，画完妆的女人问那男人："你觉得我可以吧？"男人回答："你今晚看起来太棒了（you look wonderful tonight）。"他们到了晚会，所有的目光都注意了他们，女人又问："你觉得怎么样？"他说："我感觉太棒了（I feel wonderful tonight），那是因为我看见了你眼中爱的光芒，你没有意识到我有多么的爱你。"到回家时间了，男人喝多了有点头痛，他把钥匙交给了她，回到了家以后，女人扶他上了床。在他关灯之前，男人对女人说："你今天太棒了！"

这也是萨博丽娜非常喜欢的一首歌，委婉而动情地歌声再次把他们带到了舞池，他们相拥着，闭着眼睛，脚步慢慢地移动着，享受着音乐带给他们无限美好的意境。他们被音乐所感动，欧阳杰看着拥在怀里的萨博丽娜，柔色灯光下的她简直就是一个无瑕的美人，他觉得她有英格丽•褒曼的果敢坚毅和华贵，又有费文丽的忧柔之美。他把她拉到了离自己不足一厘米的距离，然后几乎贴到萨博丽娜的脸上了，他对她说："You are wonderful tonight。"

不知道欧阳杰又喝了多少，他们回去的时候，萨博丽娜只能扶着他回去了。他东倒西歪地蹒跚着，即使这样他的嘴里还不住地哼着：You are wonderful tonight。到了门口了，他把钥匙交给了萨博丽娜。

萨博丽娜打开了房间，又打开了台灯，把欧阳杰扶上了床。她脱掉了欧阳杰身上的外衣和鞋。看着萨博丽娜，神志还有一丝清醒的欧阳杰，不断地说：You are wonderful tonight, You are wonderful tonight。

萨博丽娜从没有像今天这样感觉到欧阳杰是那么地需要他。她看着欧阳杰酒醉以后那副可爱的样子，就俯下身来亲了一下欧阳杰的额头。这一次，欧阳杰再也没有抵御住这种根本没有男人想抵御的诱惑，他一下子把她抱在了怀里，翻过身来，雨点般的吻砸在了萨博丽娜的额头、眼睛、脸颊，然后四片久违的唇贴在了一起。接着，欧阳杰又咬掉了萨博丽娜上衣的两个小纽扣，把他火热的唇又一点一点地烙在了萨博丽娜的胸上、腹部、和腿上。

当欧阳杰用力进入了萨博丽娜的身体以后，那种超乎其它任何方式能够给他带来的快感将要降临的时候，他冥冥之中觉得身下面的就是他日思夜想的方筝筝，他一边用尽全身的力气蠕动着，一边又大声呼叫着方筝筝的名字："筝筝，我爱你。筝筝，我爱你。"

欧阳杰身底下的萨博丽娜，一方面承受着一次次冲击给她带来的那种难言的愉悦，一方面又流着泪水，她把头扭过去，好不让正在沉浸在与方筝筝"做爱"欢快中的欧阳杰看到。

不知道什么时候，欧阳杰的酒醒了，他感觉头痛得非常厉害。他突然看到了睡在旁边一丝不挂的萨博丽娜。他已经意识到发生了什么事情了。

萨博丽娜一直没有能入睡，她痛苦万分，她觉得即使得不到欧阳杰的思想，也可以得到他的身体。而晚上发生的一切，似乎她什么也没得到。她一直伤心地低声哭泣着。看到欧阳杰终于醒了，她就曲卷着身体，躺到了欧阳杰的怀里。

欧阳杰一惊，这怎么可以呢？他爱的是方筝筝，而不是萨博丽娜。他懊悔昨天晚上做了傻事，感到既对不起方筝筝，又对不起萨博丽娜。他这时候把身子特意向后面移了一下，以便和萨博丽娜保持一定的距离。他说："萨博丽娜，我昨天晚上喝醉了。真的对不住你。你是一个非常可爱的女人。我也非常喜欢你，可是在我没有确定我和方筝筝的关系以前，我对你不能做任何的承诺。"

萨博丽娜想用手擦拭一下眼泪，然而她的眼泪似乎已经流干了。她披上一件欧阳杰的衬衫，走到了窗前。她想起了爷爷曾经教过她陆游的那首《钗头凤》，于是就低声地读了起来：

红酥手，黄藤酒，满城春色宫墙柳。
东风恶，欢情薄，一杯愁绪，几年离索。
错！错！错！

听着萨博丽娜那种黯然神伤读诗的声音，欧阳杰也动情了，他走过去，从身后轻轻地用双臂搂住了萨博丽娜，接着把后面的朗诵出来：

春如旧，人空瘦，泪痕红浥鲛绡透。
桃花落，闲池阁，山盟虽在，锦书难托。
莫！莫！莫！

两个伤心的人抱在一起痛哭起来。外面的灯光已经暗了下来。约翰内斯堡的夜色一片漆黑，连颗星星都找不到。

黑夜已经来到，黎明还会远吗？

（十一）

欧阳杰不甘心就这样随意放弃和方筝筝的感情。他又不由自主地走到了那个电话亭子，拨通了方筝筝的电话。

“喂，你好。”方筝筝还是那样地客气，但是语气已经不再温暖。

“是我。我收到了你的那封信了。没想到事情变化得那么快。”欧阳杰本来还想先说几句问候的话呢。可是他的思绪一直停留在那封信上，使得他一听见了方筝筝的声音就直奔主题了。

“我也没有预料会那样快。可能我一直就没有割舍和大伟的那段感情吧。”方筝筝说的是实话。她每次和欧阳杰见面的时候，十句话里面要有八句是谈论大伟的，而且每次都后悔是自己原来的任性造成了他们的分手。从良心上讲，她觉得也不欠欧阳杰的，即使是在她感情最孤独的时候，她也没有在情感上承诺过欧阳杰。假如大伟不出现的话，他们也许会走到一起。

“我知道你对大伟一往情深，可是都那么长时间过去了，你们怎么还会走在一起呢？而且我觉得你们原来有的矛盾今后还会有的啊。”欧阳杰心里也明白，大伟和方筝筝的结合应该是比较合适的，因为他们本来就没有根本上的冲突。这是他们得以和好的重要感情基础。况且这些年方筝筝已经长大了，思想和感情已经完全成熟而不再任性。条件已经成熟，机会来了，他们自然就可以走到一起了。

然而，感情是自私的。欧阳杰在情感上不愿意承认这种现实。只要还有百分之一的希望，他就要做百分之百的努力，这也是他一贯的风格。

欧阳杰见方筝筝没有回答，就接着问方筝筝：“我们还有可能在一起吗？”

“有些事情在电话里是解释不清楚的。不过，无论今后发生任何事情，我都会把你当成我最信赖的朋友。”如果大伟不出现的话，方筝筝坚信自己会选择欧阳杰的。她觉得欧阳杰是一个非常优秀的男人，只不过他们有缘无份而已。

在国外用那种 IP 卡打国际长途相对比较便宜，但是有时候噪音比较大，听筒的声音却比较小，不适合讨论一些比较敏感的问题。欧阳杰就说：“那好吧。我给你写信吧。”

正好电话充值卡也快用完了，电话又出现了警告的信息，在这还剩下的十几秒钟里，他们两个都在沉默，最后连一声再见都没有说。

打完这个电话，欧阳杰总觉得别别扭扭的。他突然萌发了要见方筝筝的念头，有些事情一定要当面说清楚，然后争取挽回他们的感情。还有，就是要把那颗有意义的钻石亲自交给方筝筝。对了，为什么不请假回国呢？他每年都有两次回国假期，一次还都没有用呢。对！请假回国，一定请假回国找方筝筝去！

总公司批准了欧阳杰的请假申请。那天他得到这个消息以后甭提多兴奋了。他马上就要看到日思夜想的方筝筝了。他立即订了飞机票，第二天就踏上了回国的征程。不过他的心情又是沉重的，他不知道在国内的两周内会发生什么事情，看不清他和方筝筝的关系，最终会走到哪一步。

回到京城，正好赶上以多风多沙为主的春季。他在调整和适应着他所经历两个大陆不同的时空落差。首先是时差，白天困得要死，而晚上睡不着。大脑总是处于混沌状态。其次是食差，该饿的时候不饿，而到半夜里却饿得要命。回国两天，每天都会有不少的事情等着欧阳杰做，有工作上的，也有不少私事。在南非的时候，一天几乎一个电话都没有，而在北京他一天就要有几十个电话；在北京外面一会儿，鞋面就会落满尘土，而在南非一周也不用擦鞋。在北京开车，有一些人可以从你的左右肆无忌惮地随便往前面加塞儿，有时候他真希望自己开的是一辆坦克。

但是这些差异都比不上他情感上的落差。他临出国前，方筝筝对他的那一份情意就像一根线，一直牵着他到了印度洋的彼岸；而这次回来，那牵着他的心的那根线已经断了。出国前，他满怀希望，这次回来心情却是格外地复杂。

他只在北京停留了 3 天，就又来到了方筝筝所在的南方小镇。小镇上的桃花已经开了，街上居然已经有小贩在叫卖一看还很生的枇杷果。

欧阳杰进了酒店房间，把行李一放下，就拨通了方筝筝的电话。欧阳杰的心情异常激动，虽然都是在电话里，但是这时候的感觉和他在南非时候的绝对不一样，在南非打电话说想念方筝筝，那是一种长期的，没有希望的思念；而现在他住的酒店距离方筝筝所工作的医院步行也就只有十分钟。但是由于中间出现了戏剧性的变化，欧阳杰的嗓音却异常地平静，而且带有一种忧郁。

“方筝筝，知道我是谁了吗？”欧阳杰一直没有告诉方筝筝他什么时候会来小城，也许是要给方筝筝一个惊喜。

“啊！是你呀。我直觉你会来找我的。但是真没想到会这么快。”尽管方筝筝的心中已经有了大伟，但是听到欧阳杰已经到达她的小城，她还是感到意外、激动。

“我想见你。”已经快一年没有见面了，而且中间又发生了这么多事情，欧阳杰想立即见到方筝筝是有情可原的。

其实方筝筝对欧阳杰的感情一直就没有变化，她一直就很喜欢欧阳杰，但是喜欢和爱情毕竟是两个概念。方筝筝想看看欧阳杰是否瘦了，是否在非洲晒黑了。但是她又不得不压抑自己的感情。如果过于热情，可能会造成欧阳杰的误会，因为她不能给予他爱情，否则就会长期伤害欧阳杰的感情。如果过于冷淡，也就太不符合情理了，毕竟欧阳杰是从万里之外的南非赶过来的。她回答欧阳杰的语气也要符合欧阳杰现在的心理状况。于是她的语气也没有显得兴奋，只是把她的实际情况说了出来。

“我晚上五点半下班，然后我请你去上次我带你去的西餐厅吃饭。”方筝筝说的是一个西餐自助餐厅。欧阳杰上次说过他很喜欢那个地方，那里的牛肉做的很地道，环境比较好，吃完饭，还可以在钢琴声中品茶或咖啡，意境不错。

“好的。那我六点在那里等你。”欧阳杰想起来了。那家西餐厅的外装饰是一个很现代的银灰色球状物。从远处望去，还以为是一个小型的展览中心。走进去，才知道是一个规模很大的自助餐厅。这个餐厅距离他住的酒店也不远，估计也就有五分钟的路程。不过中间要穿过一个小公园，里面种了不少果树。上次欧阳杰还以为是一个果园呢。

放下电话以后，欧阳杰激动不已，两只手使劲地干搓了几下。看了看表还有一个多小时呢，他也不知道该怎么打发这段时间。为了能给方筝筝一个好印象，他先去冲了个澡，然后换上一套新的衣服。他里面穿了一件长袖的 FCUK 衬衫，外面套了一件休闲西服。那件衣服还是他生日的时候萨博丽娜送给他的。欧阳杰虽然在国外留过学，但是对名牌的东西从来不感冒。萨博丽娜告诉他，这个牌子还有一个故事呢。这是一个法国的牌子，FC 代表 French Connection，后来进入英国市场的时候，就叫做 FCUK 了，而这个牌子的发音就好像是在谩骂英国。英国人本来就不喜欢法国人，这个牌子一出来，立刻遭到了英国人的反对，然而这倒起了一种宣传作用，不少人反而觉得穿这种牌子是一种时尚了，这个牌子在英国由此也获得了成功。欧阳杰在约翰内斯堡的时候，他穿过一次这件衬衣，周围的人都说版型很好，特别适合他。他也觉得不错，心中佩服萨博丽娜的细心和眼光。

今天他又穿上了这件衬衣，觉得更加自信了。这时候他拿出了那块意义很不寻常的钻石，又仔细地端详了许久。在南非的时候，他抽空去了一家首饰加工店，又花了一千美金，让工匠给钻石镶了一圈的白金，做成了一个吊坠，然后接到了一根项链上。经过点缀的钻石顿时显出清丽秀逸，雅洁动人、无比高贵。看完以后，他把它放回了一个小盒子里面，然后装进了自己的衣兜里面，见到方筝筝的时候好送给她。

他走出酒店的大门，向那家西餐厅走去。当路过那个小公园的时候，他几乎以为走错了路，原来那是一片桃树林，在这个暖冬的季节，它们已经等不及了就竞相争妍，把整个公园染成了粉红色。穿过桃花林时，一对情侣正在留影，欧阳杰想到了去年夏天也是在这里，看到了方筝筝身着一身长长的连衣裙向他漂着走了过来。而今他又仿佛看到了方筝筝也在那盛开的桃花树下，他不禁想起了：“去年今日此门中，人面桃花相映红。”那对儿情侣照完就走了，欧阳杰也从幻想中醒来，不住地摇头：“人面不知何处去，桃花依旧笑春风。”好是一个无奈。

欧阳杰到了那家西餐厅以后，坐到了他们上次同样坐过的位置，等待方筝筝的到来。没有多长时间，就看方筝筝走了进来，她穿着一条牛仔裤，上身是一个紧身的皮夹克。看起来还是那么青春，富有朝气。欧阳杰马上站起来，拉着她的手说：“你还是那么漂亮。拥抱一下吧。”

“这可不是在国外呀。”她轻轻地把欧阳杰推开了。欧阳杰感到有些尴尬，不知道方筝筝是真的在乎中国的风俗习惯呢，还是她有意不愿意和他过分亲热，还是两者兼而有之？欧阳杰心里面还是感到不悦，他可是辗转了多少站才到了这里呀！结果方筝筝居然连给他一个拥抱的奖赏都没有。

他们就在一种不冷不热的氛围中吃完了饭。餐厅的灯光逐渐调暗，服务员给每一个桌子上送来了一个点燃的红蜡烛。这时候，餐厅中央响起了弹奏钢琴的声音。情意绵绵的情调很容易把男人和女人的距离拉近，包括欧阳杰和方筝筝。

欧阳杰看到蜡烛的火苗有些小，就去用手把它拨亮一些，烛光下的方筝筝是那样的可人，她面如桃花，眉目清秀，虽然比去年成熟了一些，但还是那样清纯。

其实，方筝筝也在打量着欧阳杰，她说："你好像比去年见你的时候更黑、更瘦了。"欧阳杰不否认这点。他们经常在室外工作，南非的紫外线又强，皮肤晒黑很正常。他确实瘦了。他的心情一直不悦，再加上回国来回的奔波，体重至少降低了 5 公斤。

"我黑点瘦点更好，看起来更健康。"欧阳杰边说，边继续摆弄着蜡烛。

"哎呀，你的手背怎么回事？我看看。"方筝筝把手拉过来看看，"怎么搞得，这么大的疤口。好像是刀刺进去的。"

欧阳杰本来不想告诉她的，但是方筝筝是医生，一看就明白了。所以他打算借着这句问话把钻石的事情现在就告诉她吧。

"你想听一个故事吗？"他问方筝筝。

"是你的故事，我都爱听。"方筝筝也想具体了解一下欧阳杰在那里的生活和工作情况，对她来讲，南非是一个遥远而神秘的地方，她想丰富一些有关南非的知识。

欧阳杰喝了一口咖啡，然后就把从开始萌发给方筝筝买钻石礼物，如何搜集钻石方面的资料，去金伯利小城市想淘颗钻石的经历都告诉了她。当说到去金伯利镇淘钻石的时候，方筝筝逗得哈哈大笑。有的地方其实也没有什么可笑的，但是方筝筝没有想到她自己是多么的有运气，她的生命中有了这样爱她的男人，每个动机都在为他着想，然后默默无闻地为她做事。与其说是欧阳杰的故事有意思，倒不如说方筝筝被欧阳杰的爱所打动，她的笑实际上是在掩饰她内心的感动，她想趴在欧阳杰的怀里流着泪听他的诉说，然而这已经是不可能的了，就以笑来替代她内心的感激和哭泣。

这时候，欧阳杰讲到了那两个黑人如何持刀抢他的钻石，他又是怎样紧紧地把钻石攥在手里而没有让他们抢过去。欧阳杰还是不想提手受伤的事情。

“他们就那么容易放了你。”方筝筝问。没办法，欧阳杰就说：“我那天比较运气，他们用刀扎我的手背，要不是警察来了，我的命可能就没有了，咱们今天也就见不了面啦。”欧阳杰开玩笑显得很轻松地说着。

可是方筝筝听到这里心情更沉重了，她什么话也没有说，把欧阳杰受伤的那只手拿到自己面前，然后轻轻地抚摸着，而后贴在了自己的脸上，那张依然还笑着的脸流下了两行泪水。

欧阳杰突然好像一个孩子本来做了好事，然后被父母误会做了坏事打了他，而现在父母又向他承认错误一样，他一肚子委屈终于发泄出来了。他告诫自己不要激动，不要动情，可是他的泪水就是不听他的安排，泪水终于在眼眶中停留了许久后掉了下来。

“我不值得你为我这么做。真的。”方筝筝现在想说的就是这句话。

欧阳杰用袖子擦去了眼泪，从兜里拿出了一个盒子，交给方筝筝。

“筝筝，这就是那颗钻石。我现在送给你。”说着，欧阳杰交给了方筝筝。

方筝筝接过了盒子，然后慢慢地打开。一颗映着烛光就可以把自己的光芒完全折射出来的钻石一下子跳进了方筝筝的眼帘。亮晶晶的钻石依然闪耀着光芒，好像在向新的主人打招呼。虽然方筝筝不太懂钻石，但是对首饰稍微有些了解的人都可以看出这是一颗罕见的钻石。方筝筝爱不释手，不断地在手里从每一个角度欣赏它。看到方筝筝那么喜欢这颗钻石，欧阳杰终于释然了，他的心愿也终于可以圆了。

方筝筝又好好地把钻石欣赏了一下，然后放到盒子里，双手递给欧阳杰说："欧阳杰，非常感谢你为我所做的一切。你对我的爱那么深，让我觉得惭愧。你所要的那种感情，我的确不能给你。这份用生命换来的礼物我不能收。"说着把盒子放到了欧阳杰的面前。

欧阳杰以为方筝筝会接受这份礼物，没想到她会拒绝。于是他说："方筝筝，我是爱你的。但是这并不等于我要求你也一定要爱我，尽管你能爱我是我的梦想。在和你的交往中，我得到了一生中不可能有的快乐，有了这些我就足够了。况且这是我已经答应要送给你的礼物。"

方筝筝用湿润的眼睛看着欧阳杰，她恨自己为什么一定要遇到世界上两个最好的男人，为什么一定要让她去选择？为什么她一定要放弃一个？

欧阳杰接着说："再有，这颗钻石也是非你莫属，钻石和人是有缘分的，该是你的就是你的。如果我要是不告诉金伯利那个导购小姐我要买一颗送给你的钻石，她就不可能介绍我去那个钻石生产地；如果我不是中国人的话，那个赞比亚朋友就不会把我带到他的家里；如果我们中国人没有在非洲积德行善的话，这颗钻石就不会送给我。这不是一颗简单的钻石，它是有灵性的，它是标志着中非人民之间友谊的钻石。在某种意义上，它比你的生命更重要。有了它，你就会有更多的爱心。"

欧阳杰一口气把道理都说了出来。然后又把钻石交给了方筝筝，方筝筝郑重其事地收下了这颗意义非凡的钻石。

把钻石交给了方筝筝以后，欧阳杰终于完成了他的心愿，心情也无比轻松。从西餐厅出来，他步行把方筝筝送回家，一路上他们一句话也没有说。到了方筝筝家的门口了，他们在月光下四目对视良久，还是欧阳杰先说："我为你能够找到心爱的人而高兴，衷心祝愿你们一辈子幸福。"

听到这里，方筝筝一下子扑到了欧阳杰的怀里。此时，欧阳杰也不知如何是好了。他们就这样静静地相拥着，在寂静的夜晚，只能听见他们两个心跳动的声音。

次日，欧阳杰买好了下午回北京的机票，他嘴里哼着小曲，一副轻松的样子。可是他内心的痛苦又有谁能够释然？这时候有人在敲门，他还以为是服务员，把门打开后，啊？原来是方筝筝。进屋以后，方筝筝把门反锁上，然后命令欧阳杰说："你转过身。我让你转过来你再转身。"

欧阳杰也不知道这葫芦里面卖的是什么药，就说："好的。我听你的。"

一阵悉悉嗦嗦的声音以后，方筝筝说："你回头吧！"

听着方筝筝的命令，欧阳杰慢慢地转过身去。他一看，惊呆了。他的心脏已经跳到了嗓子眼儿里了，而呼吸也急促地像刚跑完了百米一样。

只见床上躺着方筝筝，一个赤身裸体一丝不挂的方筝筝！

"你对我的感情，我可能终身不能报答你。我只能用我的身体报答你对我所做的一切。我知道和你的生命相比，这点微不足道，但是我的身体也是我生命中最宝贵的东西。"

他看欧阳杰还站在那里发呆，就说："还愣着干什么？请相信我的身体是干净的，这个世界上只有你和大伟触摸过我的身体。"

听到这里，欧阳杰慢慢地走到床边，闭上眼睛用手轻轻地抚摸那高高隆起的双峰，和第一次的感觉一样，是那样的圆滑，那样地完美。他仿佛到了西北的大沙漠，看见了两座形状优美的沙丘，而他顺着沙丘的曲线，从这个沙丘跑到了那个沙丘，然后又从沙丘急剧奔向平坦的沙漠。随着他往下面的奔跑，他呼吸的速度也在加快。而此时那两座沙丘和广袤的沙漠似乎也在抖动了起来。

欧阳杰一下子睁开了双眼，他终于看见了用手曾经抚摸过的美丽。他看见方筝筝闭着眼睛，不知道她是紧张，还是渴望更强烈的触摸，她的身体正在轻轻地抖动。

欧阳杰坐了起来，然后伏下身，似乎要趴在方筝筝的身上。他低下头，用唇轻轻地吻了一下方筝筝的额头，一只手拿过来方筝筝的衣服，另一只手把方筝筝抱起来，然后把衣服给方筝筝披上了。

“傻丫头。快把衣服穿上。”

欧阳杰的举动完全超出了方筝筝的想象。她一下子扑到了欧阳杰的怀里。她觉得和欧阳杰在一起是如此的踏实，如此安全。此时，她隐隐约约感觉她内心如此地依赖欧阳杰，难道这也是爱情吧？难道天下会有两种爱情，一种是和大伟与生俱来的感觉，另一种是和欧阳杰经过思想交流而产生的情感？

欧阳杰就这么骄傲地走了，却又给方筝筝留下了无限的遐想。

（十二）

五月时节，约翰内斯堡已经进入了秋季。炎热的天气暂时作别，使得那里的气候热中带温，真是一个是懒床的大好时节。

工作一周以后，终于可以美美地大睡一觉了。萨博丽娜的家是一座二层小洋楼，当时是英国人设计的，带有很强的英国色彩。一层楼是客厅和厨房，还有一个公共卫生间，二层楼是 4 个卧室。她的父母住一间，弟弟住一间，她住一间，还有一间是客房。楼的右面是一个车库，前面是一个小花园，后面也是一个比较大的花园。花园中还有几棵树。她的母亲没少在这个花园下功夫，她在草坪的周围种满了鲜花，还在一棵树上搭了一个架子，然后放上一些食物，每天都有很多各种各样的鸟到这里觅食，它们叽叽喳喳地唱着鸟歌，给家里也添了许多的欢乐。

都上午 11 点了，萨博丽娜还在迷迷糊糊地睡着。好像欧阳杰给她打了一个电话，告诉她去机场接他。她开着车立即去了机场。在那儿，她看见欧阳杰从中国回来了，他穿着她送的那件衬衫，胳膊上挎着一件休闲西服，另一只手还拉着一个拉杆箱，正在冲她微笑。他还是那样的有朝气，还是那样的男人。她跑过去，一下子和他拥抱起来。她正要仰起头来去吻欧阳杰的时候，不知道什么东西在她的耳边叽叽喳喳地说着什么，好像是不让他们接吻，她很生气，于是就想把这种声音赶走，可是怎么也赶不走，她越生气，这种声音就越大……

这时候她突然醒了，原来是一场美梦。她定了定神，发现那种声音还没有离开，仔细一听，原来是有一大群鸟正在她窗户底下的那个树上叽叽喳喳的叫呢。

原来是这些鸟打扰了她的好梦，她没好气地走到窗户前，喊了一声：走开！那群鸟“轰”的一下子，全飞走了。她回到床上，准备再续美梦，却怎么也睡不着了。想到刚才如此美妙地做梦，她又笑了。她觉得这个情景以前好像见过，但是就是记不起来了。

自从欧阳杰离开那天起，她每天都在担心和思念着欧阳杰。他知道欧阳杰对方筝筝一往情深，从做朋友的角度，她真希望他们能够和好，这样欧阳杰才能真正得到快乐。而从自己的角度讲，她又对欧阳杰一往情深，如果欧阳杰和方筝筝和好了，那她和欧阳杰的关系也就只能永远定格在朋友的程度了。想到这里，她好像喝了一碗醋，心里面酸酸的。

她胡思乱想着，猛然想起了曾经读过的一首《春怨》，据说是唐代诗人金昌绪写的。于是，她就不自觉地读了起来：“打起黄莺儿，莫教枝上啼。啼时惊妾梦，不得到辽西。”原来中国的古人早就有这种梦里相聚的感觉了：叽叽喳喳叫的黄莺儿啊，你把我到辽西和我丈夫相会的美梦打断了，我一定要把你赶走，否则怎么能回到我原来的美梦里呢？她这时候才明白了为什么刚才那种梦境如此熟悉。

她越发感叹中国文学的博大精深和美妙绝伦的诗句。西方人总是那么直来直去的表达情感，如果思念某个人，就只能用“I miss you”来表达。如果思念的程度再深一些，也顶多多用“very much”来表达了。而中国的诗句，只用了把黄莺儿打走，以便回到梦中和丈夫团聚的情景，就将那种思念远方丈夫的心情表达的如此含蓄，如此达意，如此美妙。很可惜金昌绪当时就留下了这么一首《春怨》。

欧阳杰再次登上了飞往约翰内斯堡的飞机。与回中国那次旅途的心情不同的是，回国的那次心情非常沉重；而这次心情却很轻松。他对情感的得与失又有了新的理解。虽然他心中深爱的方筝筝又和大伟和好了，表面上似乎失去了方筝筝，然而正是他的大度和真挚的情感打动了方筝筝，才赢得了方筝筝的心，即使他们没有缘分组成一个家庭，但是他们却能成为终生相互信任的朋友。在这点上，他又得到了很多。

自从上次酒醉以后和萨博丽娜发生了关系，他觉得一直很对不起方筝筝。这次他证实了方筝筝已经确定了她的选择，而愿意与大伟组成家庭，他的心里也就平衡了许多。他下决心一定停止给与方筝筝更多的爱情，而应该付出更多的友情。然后把更多的精力投入到工作中去，毕竟前一段他颓废的精神状态影响了他的工作。

在回国期间，总公司的领导对他又明确了工作任务，同时要求这个项目一定要按时高质量的完成。总公司的领导和发标单位要在近期检查工作。这给他增加了不少精神压力。所以一回来，就全身心地投入到了工作之中。

有意的或是无意的，他就冷落了萨博丽娜。一天他办事回来，在楼道里正好和迎面走来的萨博丽娜撞个正着。她以那种哀怨的眼神儿看着他，让欧阳杰很不自在。欧阳杰说："回来后，一直忙着工作，所以也没有和你联系。"说完还不好意思地挠挠头。

"呵呵，"萨博丽娜嘲笑说，"怎么样？这次回去都结婚了吧？"其实萨博丽娜还是想知道他和方筝筝现在的关系究竟怎么样了。

欧阳杰听了以后，忙说："别胡说。"他犹豫了一下，决定还是告诉她实际情况吧，就说："她和她的男朋友马上就要结婚了。"

"那你就彻底没希望了吧。"萨博丽娜这下子可放心了，心里非常得意。

她接着说："周末你有时间吗？我想找你好好聊聊。"

欧阳杰觉得回来一直没有主动和她联系，也觉得过意不去："好吧。你来找我吧。"

到了周末，萨博丽娜起得很早，她把她自己精心地打扮了一下，然后自信地走向门口。她的母亲也纳闷儿，一般周末女儿要睡到中午，今天不到九点就要出门了。妈妈问："今天加班吗？"萨博丽娜几乎是跳着舞到了门口，说："我今天有点事情。"看到女儿愉快的样子，做母亲的也就明白了几分。

欧阳杰没有懒床的习惯，他每天都很早起床，吃些东西后就开始忙工作了。听到了门铃以后，看见了站在门口的萨博丽娜。他把她让了进来，边倒茶，边问长问短的，好像家里突然来了一个客人。

"你那么客气干什么？"萨博丽娜很不习惯他对她的这种待客方式，她觉得他们之间的关系不应该那样一本正经地，很虚伪。

"你来我这里就是客人啊。"欧阳杰实际上还是不想把他们之间的关系拉得那样近，这样的话，他就可以有更多的退路。

"你回来为什么不给我打电话。我还以为你会让我去机场接你呢。"萨博丽娜一说到这里就有气。特别是欧阳杰都回来两个多星期了，也没有主动和她联系。如果要不是那天在楼道里撞上了，欧阳杰肯定现在也不会给她打电话。现在见面了，欧阳杰还装的若无其事的样子，好像什么事情都没有发生似的。

看到萨博丽娜突然生气了，欧阳杰也不知道怎么办。女人的脾气就和孙悟空一样，不仅可以有 72 种变化，而且还说变就变。他想安慰一下萨博丽娜，但是也不知道怎么做。他猛然想起了几天前别人给他发了几个笑话，就说："我给你讲个笑话吧。"

"不听，不听。"萨博丽娜捂住了耳朵。

"讲不讲是我的事情，听不听是你的。"欧阳杰知道萨博丽娜根本就没有把耳朵捂严实，就把那个笑话演绎了一下，讲给她听。

“我有一次到乡下承包一个工程，真正让我扬眉吐气了一把!”他看了一下萨博丽娜，她还是捂着耳朵，一点反应都没有。“那天我们两个人正在田间的小路上休息，远远的看到一群老外正围着一个当地的农民比比划划的。出于好奇，我悄悄地走到他们后面不远处，想听他们到底讲些什么。那几个老外(大概是英国人)，一边翻着一个类似英汉词典的小册子，一边用很不标准的中文发音：我，到达，如何，庙啊之类的。他们应该是在问路吧。我想看看我们的农民兄弟见到老外到底怎么说。”

这时候，欧阳杰看到萨博丽娜的眼球正跟着他说的话转呢，就故意停了下来。萨博丽娜把眼睛抬了起来看看欧阳杰，好像说：快接着讲啊!

欧阳杰就又接着讲了起来：“那个农民兄弟一脸茫然。我想那位农民大哥领悟能力也太低了吧?老外一看他听不懂的样子更急了，就大声说：WE，我，大家，去，走，古庙。那个农民兄弟还是一脸茫然。老外更着急了，开始跺脚，冒汗……”

“这个时候，这个五十多岁农民对着这群手舞足蹈的英国人终于说了一句话。”欧阳杰突然停住不说了。

萨博丽娜也把手放了下来问：“农民兄弟说什么啦？”

“你不是不听吗？”欧阳杰也开始卖乖子了。

“你说，快说!”萨博丽娜晃着身子要求他快说。

欧阳杰说：“结果那位农民兄弟用英语反问：Can not you speak English?（你不能说英语吗？）”。讲完以后，自己先哈哈大笑了。

“什么呀？一点也不好笑。”其实她也觉得好笑，就是故意不笑。

看到萨博丽娜一点也没有反应，欧阳杰就说：“我再给你讲一个，保证你会笑。”

“我上学的时候，有一次我的同桌骂我：你是猪啊！我很生气地说：

才怪呢！！结果我的同桌就很惊讶地说道：你是‘猪才怪’！！过了大约一个月，他在全班人的面前还这么大声叫我，我大叫反驳道：我不是猪才怪！！！我不是猪才怪！！！我连着叫了好几声才发现，可是为时已晚了。”

这次萨博丽娜终于忍不住了，“噗哧”一声笑了出来。然后欧阳杰也大声笑了起来。他们两个人笑得前仰后合的。萨博丽娜边笑还边用手指着欧阳杰说：“哈哈哈，你这只猪”。

欧阳杰发现和萨博丽娜在一起居然能够这样的开心。停了一会儿，他们都不再笑了，欧阳杰看着美丽的萨博丽娜，不肯把眼神儿挪开。他和萨博丽娜感情的主动权就在他的手里，他现在就可以抱得美人归。然而他决定还是放慢他们之间感情的发展速度。他想给自己一定的时间，让方筝筝的影子从自己的感情世界里先慢慢地淡出。而且他目前还不确定他对萨博丽娜究竟是一种什么样的感情，是出于她的美丽呢，还是一种更深的感情？

“你在我脸上找什么呢？”萨博丽娜看到欧阳杰总是盯着她看。欧阳杰突然意识到自己的失态，赶紧说：“没看什么。”

他把手伸到萨博丽娜的面前，然后把她的头拨到了后面。“你真漂亮。能认识你是我的骄傲。你能给我一些时间和空间吗？这段时间这个项目比较忙，下个月总公司和发标公司就要来检查工作了。完了之后，我会把我们之间的关系好好地考虑一下。”

欧阳杰说完以后，搂了一下萨博丽娜的肩膀，而她也顺势拥进了他的怀抱。他们就这样一动不动地抱着，虽然彼此没有任何承诺，但是他们发现彼此的心却离得越来越近了。

几周以后，总公司和发标公司来到了工地。检查工作的重点是整个建设项目的主体工程，并要求在保证质量的前提下，整个工程的五分之四必须完成。约翰内斯堡规划局也派人加入了这个工作检查团。检查工作非常严肃，不能出一点差错。即使发标单位通过了检查，如果没有符合当地施工要求的话，也不能通过。不过他们一点也不担心，因为公司早就采纳了欧阳杰的建议，聘请了当地的工程师和设计师定期检查工程进度工作，以保证工程的质量以及每一个建筑环节都符合当地规划局的要求。

当天上午，施工单位首先汇报工作。欧阳杰把施工的每一个阶段、每一个细节都做了详细周密的汇报。对于检查团提出的问题，欧阳杰和他们公司都对答如流，获得了好评。

午饭以后，检查团需要实地考察。当他们参观到共用墙部分的建设时，一位南非规划局的领导询问，在处理共用墙的时候有没有遇到阻碍，因为共用墙的建设是居民投诉最多的方面。欧阳杰如实地汇报了他们开始怎样受到了投诉，然后如何利用萨博丽娜的处理能力把这件事圆满解决的。此时大家都把赞叹的目光投给了这位漂亮的女生，搞得她脸都红了。

检查团检查了大部分的工作，认为主体工程部分基本上已经高质量地完成了，剩余的工作就是在预留好的位置上安装相应的管道、供暖设备、电梯以及内部装修。如果没有什么大的变化的话，全部工程再有 4 个月就可以完成了。

检查团一行在欧阳杰的带领下走到了这些已经为安装设备预留好的位置。他们走到了三层楼，欧阳杰介绍说将要安装的电梯是著名的奥梯斯公司提供的，它具有安全、便捷、实用性强的特点，特别是这个酒店的楼梯空间比较狭小，还要给电梯预留出足够的空间。奥梯斯公司就专门为这个项目订做了一部电梯，以满足这种特殊需要。

说着，欧阳杰就走到了电梯洞口，把预留空间展示给检查团看，就在这个时候，意外的事情发生了。就在欧阳杰探着身子往电梯洞口指的时候，脚底下的木板松动了，欧阳杰一脚踩空，从三层楼高的洞口掉了下去。检查团成员们眼睁睁地看他掉了下去，所有的眼睛都瞪圆了。一个成员马上伸出手想拉他一把，但是已经晚了。随着萨博丽娜的一声尖叫声，就听“咚”的一声，欧阳杰摔到了电梯洞的地面上。这可是从十多米高的地方摔下去的。

几乎所有的人都跑到了一层的电梯洞口，欧阳杰已经失去了知觉。同事们想立即把他抬出来，这时候一位比较有经验的同事大声说："大家都不要动。立即叫急救车。"他知道骨头可能会骨折，如果没有受过专门训练的人把他抬出来，可能会伤及内脏，骨头还可能不能复位。

萨博丽娜跪到他的面前大声地呼喊着欧阳杰的名字，好让他能尽早地苏醒过来，可是欧阳杰双眼紧闭，脸色蜡黄，已经没有了血色。

十分钟以后，医院的救护车来了，他们把欧阳杰抬到了担架上，惊魂未定的人们望着救护车慢慢地从视野中消失了。

还在流泪的萨博丽娜双手合拢，为欧阳杰祈祷。看到急救车消失的一刹那，她截住了一辆出租车，向同样的方向飞驰而去

（十三）

这些日子方箏箏一直思考着那个问题：一个人是否可以同时爱两个人？大伟是可以让她产生激情的男人，看见他，她就有一种冲动。她喜欢被大伟拥吻的感觉；然而她觉得和欧阳杰在一起又如此的有安全感，躺在欧阳杰的怀里，犹如躺在一条巨型客轮甲板上的躺椅上，悠闲地晒太阳，而不用担心会有什么风浪。欧阳杰就像那条巨轮，任凭风吹浪打，他都能用他坚强的身体抵挡住，而给方箏箏一个平稳的空间。

这个问题总是萦绕着她，即使在吃饭和睡觉的时候。她发现自己这两天的情绪很不好，又焦虑又上火。

快下班的时候，大伟来到她的单位，接她一起去吃饭。大伟关心地问：“想吃什么啊？”

方箏箏也不知道为什么心里很烦，也许是五月的天气把人们过快地从寒冷的冬季拉到了夏天，短暂的春天让人们一点准备都没有；也许是一直萦绕在脑中的问题总是没有答案。所以她就说了一声：“随便，什么都行。”

这时候她忽然想刺激一下她的胃口，就说：“干脆吃火锅吧！”

大伟有点不理解：“看你的脸上都长豆豆了，是不是上火了？如果是的话，我们还是吃清淡一些的吧。”

要是在几年以前，方箏箏肯定会说：“啰嗦什么？我想吃什么就吃什么。”现在她已经完全不是那个骄横跋扈的方箏箏了。她仰起头，眼睛好像在恳求地看着大伟。“大伟，你说的对。但是，我还是想吃有点刺激的饭菜。”

“好吧。”说完，大伟搂着她的肩，向一家新开张的火锅餐馆走去。大伟的个子比较高，在跳舞这个行当里应该属于很高的了，每次他们两个走在一起的时候，大伟都可以把他的胳膊放在方箏箏的肩上，然后用手偶尔摸一下方筝筝光滑的脸颊。每当这个时候，他就再吻一下方筝筝这边的脸颊，然后赞赏地说："你的皮肤真好。和小孩子的屁股似的。"而方筝筝也会很得意，不过她会假装生气地说："好就好呗，也不用比喻成孩子的屁股啊。"

今天，大伟又把手放在了方筝筝的肩膀上，然后重复着以前经常做的动作，可是这次方筝筝轻轻地把他的手拿了下去。这个微小的动作，让心很细的大伟看出方筝筝似乎有着什么心事。

这是一家地道的重庆火锅餐厅。他们坐下没有几分钟，一大盆红红的火锅就端了上来，锅中溢出来那种浓浓的辣香味道，令人食欲大开。方筝筝一般爱吃那种油的调料，今天她还觉得不过瘾，就又在里面加了不少辣椒油，没过一会，就看见方筝筝的额头上渗出了汗水。

"你今天看起来好像有心事。"看着方筝筝今天的反常举动，大伟问。

"你别乱猜了，什么都没有。"然后她还冲着大伟笑了一下。大伟觉得自己可能太敏感了，就不去想了。

"大伟。我这两天右眼皮总是在跳。小时候，妈妈就说：左眼皮跳，福；右眼皮跳，灾。你说会不会出什么事啊？"方筝筝好像预感有什么事情要发生似的。

"亏你还是医生，还相信这些迷信的玩意儿。"大伟说。

"我也就是随便说说而已。"方筝筝虽然这么说，可是她总觉得会发生什么事情。此时她又想到了欧阳杰。

在他上次来看她之前，欧阳杰经常给她打电话。而上次回了南非以后，都一个多月了，欧阳杰一个电话都没有。欧阳杰一般都在早上她上班的时候给她打电话。这段时间，每当早上办公室的电话，或者她的手机一响，她就立即去接电话，可惜没有一个是欧阳杰打来的。

看着方筝筝若有所思的样子，大伟越发证实了自己的判断。方筝筝以前曾经多次提到过欧阳杰这个人。可是这些日子，方筝筝对欧阳杰却只字不提。对于女人，男人需要用逆向思维猜测她们的思想，她们越是每天都在说一个人的时候，说明她可能对这个人根本不在意；如果只字不提，可能她心里每天都在想念着他呢。于是，大伟就问方筝筝："好久没有听你说欧阳杰了，他现在还好吗？"

"我也好久没有和他联系了，一直没有他的消息。"她脸上流露出很遗憾的表情。

看到方筝筝那种好像很思念欧阳杰的表情，大伟心里多少有点酸。恋爱中的男人心胸一般都是狭窄的，他们一般不希望别的男人再碰他的女人，就像雄性动物一样。大伟也是男人，他不愿意别人碰自己的女人，也不喜欢自己的女人思念别的男人，哪怕是对于朋友的思念。

大伟明白男人要学会调整自己的心胸，如果太窄了，自己的女人就没有空间。没有空间的女人，要么窒息而死，要么就冲出去。然而，扩大自己的心胸谈何容易。大伟毕竟是一个年轻人，想要修炼到自己的心胸像如来佛的手一样大，恐怕还需要十几年。

那个晚上，他们两个似乎都心事重重的，吃过饭，就各自回家了。

在约翰内斯堡，萨博丽娜急冲冲地跑到了急诊室，医生把她挡在了外面。不一会儿，欧阳杰的同事还有公司的领导都纷纷赶了过来，大家都在焦急地等着里面的消息。萨博丽娜恐怕是最心急的了。一般来讲，人心急而又没有什么更好的办法的时候，就会在地上走来走去的。萨博丽娜却不是，她既紧张又心急，每当遇到心急的时候，她的手心就会冒汗，然后她就不住地在自己的牛仔裤上一下一下地搓。一个小时都过去了，里面还没有消息，可是萨博丽娜牛仔裤上面都快让她手心的汗水湿透了。

医生终于出来了，公司的领导赶忙围了上来。萨博丽娜一句一句地翻译给大家听。医生是这样说的。

“我们已经给他做了全面的检查。首先，他的盆骨骨折，幸亏他摔下来的地面土质不硬，否则就可能出现粉碎性骨折。我们已经给他进行了复位，估计恢复正常没什么太大的问题。”

说到这里，大家都松了一口气。可是医生又说：“我刚说了他的第一个问题。其次是他的五脏可能受伤。由于我们还没有做详细地检查，目前还不能肯定。即使现在检查出没有问题或小问题，那么也不能保证以后不出什么问题。”

大家又开始担心了。大夫接着说：“第三个是最重要的问题，那就是他一直昏迷不醒。照这样下去，说不定有成植物人的可能。”

萨博丽娜本来就很难受，还要给大家做翻译。听到这，她几乎翻译不下去了，眼泪止不住地往下流。受她的感染，其他人也很沉痛。

医生说：“你们现在可以进去看看他。”于是，大家都挤了进去。

欧阳杰安静地躺在床上，双目紧闭，面色苍白，嘴里插着一根输氧气管，旁边还挂着一个输液瓶。看到这里，大家都悲痛地流下了泪水，而萨博丽娜更是大声地呼唤着欧阳杰的名字，希望能把他从极度昏迷中唤醒。可是所有的努力都是徒劳，欧阳杰还是昏睡在那里。

回到驻地，公司领导们开了一个紧急会议。决定马上把欧阳杰运送回国。考虑到途中能够有人更好地照顾欧阳杰，公司在征得了萨博丽娜的同意以后，第二天和中国驻南非大使馆联系，为萨博丽娜办了一个加急签证。第三天在萨博丽娜和公司领导的陪护下，欧阳杰就被运送回国了。

欧阳杰住进了在京城一家条件最好的医院，医生们立即给他做了全面的检查。检查的结果是欧阳杰的大脑受到了严重的震荡，他苏醒的可能性非常小，除非他有过人的毅力，或者有超常的信号刺激他。还有一个非常坏的结果，那就是发现欧阳杰的一个肾脏已经受到了破坏，目前只能靠另一个损伤比较轻的肾脏工作。估计可以坚持十几天，时间再长就难说了。

公司派来的人立即想到了把那个损坏的肾脏换成新的肾脏。但是医生告诉他们，换肾必须在病人清醒的情况下才能进行。也就是说，如果欧阳杰不苏醒的话，就不能做手术，而不做手术，他的肾脏就要完全损坏，一旦肾脏不工作了，欧阳杰的生命就要结束了。理论上，医生已经给欧阳杰提前判了死刑。

欧阳杰的家人也来到了医院，他年过花甲的父母看到儿子没有任何知觉的躺在那里，老泪纵横。欧阳杰的父亲几乎跪在了医生的面前，乞求他们一定要想尽办法把他们唯一的孩子救活。

好几天过去了，几乎所有的办法都试过了，欧阳杰依然如故。医生建议通知欧阳杰的好友们在他最后的时刻都来看看他吧。

此时，萨博丽娜首先想到了方筝筝。实际上她早就想到了方筝筝，但是他们已经分手了，不知道这样是否合适。在欧阳杰的电话本里面，她找到了方筝筝的号码，于是立即拨通了方筝筝的电话。

“喂，你好！你是哪位？”方筝筝已经习惯了用这种口气接电话。

“对不起，我打扰你了。我叫萨博丽娜，是欧阳杰的同事。”萨博丽娜把自己先介绍了一下。

欧阳杰好像以前提到过萨博丽娜这个名字，她不是在南非吗，跑到中国做什么呢？难道出什么事情了？她立即联想到了这几天她的眼皮为什么总在跳，一种不祥的预感闪了出来。

“你好，我听说过你。你有什么事情吗？”方筝筝问她。

“欧阳杰在南非的工地出事了。我把他送回中国了。我知道欧阳杰一直在爱着你，所以就给你打了这个电话。可能有些……”萨博丽娜想说“唐突，不妥”之类的客气话，还没有说出来，就被方筝筝给打断了。

“他现在在哪里？伤势怎么样？”方筝筝急切地问。

“他现在在京城的一家医院。目前他的情况很糟糕，一直昏迷不醒。医生说他已经没有什么希望了。”萨博丽娜把实情告诉了方筝筝。

“那我今天下午就赶到北京。一定让欧阳杰等我，一定等我，一定。”还没有等对方回复，方筝筝就放下了电话。也就是在那一刹那，她的眼泪涌了出来。她要现在飞到北京，在他最后的时刻陪伴他。

电话这边的萨博丽娜手里面还拿着电话筒，她还没有来得及说一声再见，还没有告诉她医院的确切地址。凭着女人特有的直觉，她觉得方筝筝一定还在爱着欧阳杰。

不一会儿，萨博丽娜的电话响了，是方筝筝询问医院的具体地址，萨博丽娜告诉了她。

感谢科技的进步，目前从 C 城到北京每天有十几个航班，方筝筝请完了假，立即买了一张下一班的飞机票，在傍晚时分赶到了医院。

正要出门的萨博丽娜看见了一位女性急匆匆地走了过来，不用问，一定是方筝筝。“你就是方筝筝吧！”她问。

“你一定是萨博丽娜吧？”方筝筝反问，“欧阳杰在这里吧？”没等萨博丽娜回答，她就走了进去。作为职业医生的方筝筝，她已经习惯了医院的一切，白色的病床、输氧管、吊瓶、护士，然而她从没有想过，她一直思念着的欧阳杰却安详地躺在她熟悉的环境里。

她走到病床前，仔细端详着欧阳杰，用手把他的头发往后拢了几下，然后轻轻地呼唤着欧阳杰的名字。

“欧阳杰，欧阳杰，我来看你了。看看，你的脸都脏了，让我为你洗洗脸吧。”她站起身，把暖瓶里的水倒在了脸盆里，再把毛巾拧干，轻轻地为欧阳杰擦他的额头、脸颊、嘴、下巴、脖子。

“欧阳杰，你醒醒啊。我来陪你了。”说完，她把自己的脸贴在了欧阳杰的脸上。“能和你在一起，我好幸福。”

萨博丽娜一直站在旁边。她原来以为方筝筝看上去是那种一本正经的、枯燥无味的医生而已。当看到她第一眼的时候，她就彻底改变了对她原来的猜测，方筝筝具有一种与众不同的气质，她那优美的身材，配上时尚但不时髦的服装，显得美丽大方、飘逸。难怪欧阳杰对她如此着迷呢！

她又看了一下方筝筝和欧阳杰在这种特殊情况下的亲密举动，反而觉得他们真的是天生的一对儿。如果这样能唤醒昏迷的欧阳杰的话，她宁愿将欧阳杰让给方筝筝。

然而欧阳杰并没有因此而苏醒过来。

方筝筝和萨博丽娜就这样在医院又陪了欧阳杰一个夜晚。次日，医生对欧阳杰又做了全面的检查，发现他的另一个肾脏已经出现了坏死的迹象，如果他在两日之内再不苏醒的话，也许就永远不能苏醒了，而且连植物人也不能做了。

所有的人都在想办法，有的人提出了用电击的办法，还有的提出了用冰水刺激的方法，但是没有一个是可行的。

到了夜晚，医院的楼道里已经没有了脚步声。陪了许多日的萨博丽娜困的在打盹。方筝筝走过去说：“萨博丽娜，这些日子你辛苦了。这里有我呢，你赶紧回房间睡觉吧。”

“不，不，我要陪着他。”萨博丽娜揉着眼睛坚持着。

“快回去吧。你还不放心我吗？”她边说边把萨博丽娜往外推。

“那我走了。我睡几个小时以后来替你。”说完，就走了出去。

楼道里死一样的寂静。房间里就剩下了方筝筝和欧阳杰两个人了。作为医生的方筝筝心里最清楚欧阳杰的病情了。欧阳杰的时间已经不多了，也许还有三天，也许两天，也许是明天早上。她珍惜欧阳杰最后日子里的每一分钟，每一秒。

她冲了一个澡以后，对着镜子仔细梳着头，然后把头发盘在后面，把她的额头、优美的脸颊、脖颈都露了出来。记得欧阳杰曾经对她说：“你把头发盘起来最好看了。显得高雅、纯洁、靓丽”。接着她把那颗钻石拿了出来，轻轻地吻了几下以后，就戴在了修长光滑的脖颈上。她又换好了睡衣，喷上几滴她最喜欢的香水，走到了欧阳杰的床前。

“欧阳杰，我来陪你睡。我不会让你孤单的。”说着方筝筝就把欧阳杰被子的一侧轻轻地揭开，接着轻轻地躺在了欧阳杰的旁边。她用手搂住欧阳杰，然后把自己的脸贴在欧阳杰的脸上，一边亲他，一边和他聊天。

“欧阳杰，往常都是你说话，我是听众。今天我们换一个位置，我说话，你当听众。”她又亲他一下，手不断地抚摸着欧阳杰的胸。

“欧阳杰，我知道你为我做过很多事情，你对我的爱是没有人能够比拟的。我还记得那次你来看我，临走的时候给我买的玫瑰花，让我们医院的小姑娘都羡慕死了。”说着，她又亲了欧阳杰一下。

“还有一次，你寄给我生日礼物，我打开一看以为就是一块巧克力。没想到我拿出来以后，底下还有一层。那里面居然是我的生肖模型，一动它，还会叫，和真的一样。”说到这里，她自己露出了幸福的微笑。

“对了，你真傻得可爱。我就随便一说我喜欢钻石，你就用自己的性命为我换来了一颗钻石，我真的好感动。我非常喜欢它。就像你嘱咐我的那样，它和我的生命一样重要。”她又亲了欧阳杰一下。

“你对我太好了，可是我真的不知道怎么才能报答你。现在你是最需要我的时候，我知道你现在很孤单，所以我来陪你。你能体会到我在陪你吗？能感觉我的心在你的心旁边跳动吗？”说完，方筝筝把欧阳杰的手拿了过来放在了她的胸上，但是她觉得这样没有真实感，就索性把自己的内衣和胸罩揭开，让欧阳杰的整个手掌罩在了左边的乳房上，透过这只大手，方筝筝可以感觉自己的心在怦怦地跳着。

“欧阳杰，你感觉到了吗？你不能就这样走了。我还需要你，我还需要你给我送花，需要你给我钻石，需要你把南非的整个金矿送给我。”说到这里，方筝筝愈发伤心而控制不住自己的感情了，她就依偎在欧阳杰的怀里失声哭了起来。

她就这样哭着。因为天亮以后，欧阳杰也许就要到另外一个世界去了。她将失去一个爱她的人，也要失去一个她爱的人。她的眼泪湿了自己的脸，然后顺着欧阳杰的脸颊流了下来。

过了一会儿，她从失声痛哭转到了低泣，她俯在欧阳杰的身上，整个身子都悲伤的抽搐着。忽然，她觉得谁动了她的胸一下。她下意识地静了下来，接着又动了一下。啊，原来是欧阳杰的手指。她立即看了一下欧阳杰的脸，发现一行热泪正从欧阳杰的眼睛里流了下来。

“欧阳杰，你醒了。你终于醒了。”她用力亲了几下欧阳杰的脸，高声喊：“欧阳杰醒过来了，欧阳杰醒过来了。”

她冲出去准备去叫医生，正好碰见了来换她的萨博丽娜。听到欧阳杰醒了的好消息，萨博丽娜激动万分。她们跑到欧阳杰的床前，高兴地喊着：“杰，杰，你醒了。”

欧阳杰终于说话了：“水，我想喝水。”

方筝筝赶紧倒了一杯温水，慢慢地把水送到欧阳杰的嘴里。而站在旁边的萨博丽娜忽然看见方筝筝只穿了一件睡衣，她觉得非常奇怪。对于萨博丽娜，方筝筝在这个时候为什么只穿了一件睡衣，恐怕永远是一个难以揭开的谜了。

（十四）

“我这是怎么啦？我现在在哪里？”欧阳杰这个时候已经完全苏醒了。他看见了方筝筝和萨博丽娜都守护在他的旁边，更感到疑惑。

“那天检查工作的时候，你不小心从三楼摔了下去，受了重伤。我们已经把你送回国了。现在我们在京城的一家医院里。”萨博丽娜对他解释着。

欧阳杰不相信这是真的，他使劲用胳膊撑着床想坐起来，方筝筝马上把他按了下来：“你伤的很严重，只能躺着，一动也不能动。”接着方筝筝安慰他说：“不过，医生说你的身体素质很好，用不了几天就会恢复了。”

看着方筝筝一脸的诚恳，欧阳杰也就相信了。他接着问：“我在这里几天了？”

“到明天的话，就整整十天了吧。”萨博丽娜最清楚了，因为她每一天都在陪伴着欧阳杰，时刻都在数着逝去的天数，看看他到底还需要多少时间才可以苏醒过来。

“自从你受伤了以后，萨博丽娜就陪你来到了中国。这些日子她一直守护在你的旁边。”方筝筝知道守护在一个病人旁边的心情，特别是守在一个深深爱着的人身旁的心情。

“是我打电话告诉方筝筝的，她一听到你受伤的消息，立即就飞了过来。你不会介意我告诉她吧。”萨博丽娜知道她们的关系比较微妙，也不确定让方筝筝过来是否合适。

欧阳杰看了看方筝筝，然后又看了看萨博丽娜，他说：“辛苦你们了。你们这么对我，我内心很愧疚。我真的不值你们这样做。”

他内心非常感激她们两个人为他所做的一切，他发自内心地觉得自己为她们两人做得太少太少。人身体脆弱的时候，感情也一样。看着她们两个人在关注着自己，照顾着自己，而自己又不能予以回报，他的眼睛湿润了，眼泪再一次顺着他的脸颊淌了下来。

方筝筝和萨博丽娜马上拿来了面巾纸，方筝筝擦着这边的眼泪，而萨博丽娜擦着那边的。没想到欧阳杰的眼泪越来越多，他想把头转过去，不想让他们看到自己脆弱的一面，可是他又动不了，眼泪就是不争气地往外流。

天亮了，医院又进入了新的一天。针对欧阳杰的病情，医院调动了所有的有关专家，甚至请来了其它医院的专家一起会诊。欧阳杰坚强的意志使他能从极度昏迷中苏醒过来，参加会诊的专家对他这种精神无不佩服。可是没有人会知道欧阳杰的这种意志也是与方筝筝在关键时候所起的导火索作用是分不开的。

不过欧阳杰的肾脏功能日趋衰竭，如果在两日内不换肾脏的话，欧阳杰的生命还是不能保住。专家比较乐观的是，欧阳杰的精神状态很好，身体健康条件也不错，如果有合适的肾脏的话，可以马上做换肾手术。

经过和欧阳杰的父母，公司的领导协商以后，医院准备在最短的时间内实施换肾手术。然而，医院几乎联系了京城所有的医院，都没有合适的肾源，即使有，血型和配型也不一样。医院询问了欧阳杰的父母，他们表示只要能救活儿子，他们都可以把自己的肾脏换给儿子。体检以后，他们的父母不是高血压就是心脏病，把他们的肾脏取出来以后，他们的生命也就保不住了，所以这个方案就取消了。

医院又联系了外省的医院，由于血型和配型不一样，都没有合适的肾脏。在这种情况下，方筝筝和萨博丽娜也要求体检，然而萨博丽娜的血型和欧阳杰的不一样，首先就给排除在外了。而方筝筝的血型却和欧阳杰的一样，如果配型和其他指标一样的话，就可以把方筝筝的肾脏换给欧阳杰了。

检验结果出来了，方筝筝的各项指标都符合要求。大家都很兴奋，欧阳杰终于有救了。这时候却不见了方筝筝。

原来方筝筝听到了这个消息以后，又兴奋又矛盾。欧阳杰的生命可以保住了，可是自己毕竟才是一个刚走向社会不久的女生，新的生活对她仅仅是开始。对于一个医生来讲，她也知道肾脏手术的危险性，如果做不好了，她就会有生命危险。更坏的结果是两个人的生命都可能保不住。

方筝筝静静地走到了医院最顶层的天台上，她扶着栏杆，向远处眺望。五月初的北京已经有了夏天的感觉，树绿了，柳絮随着春风四处飞扬；楼下人群着装的颜色也已经由深变浅。方筝筝想到了几年前她和欧阳杰认识以后，要求欧阳杰给她发一张世界著名学府剑桥的照片，那首美丽的散文诗到现在她依稀记得。顺着思路，她脑子里像放电影一样，把欧阳杰和她的每一个感人的片段再次播放了一次。

她喜欢看他的微笑，那样地坦荡自信。那次在湖边赏花时，一种伤感油然而生，可是看到欧阳杰以后，经他一点拨，那种低迷的情绪则云消雾散；她又好像看见了欧阳杰为了保护那颗要送给她的钻石，手中紧握着那颗钻石，鲜血从他的手指头缝隙中渗出；她又感觉到了当她赤身裸体，要把自己身体交给欧阳杰的时候，他却俯下身为她披上衣服，然后抱在怀里……

现在是欧阳杰最需要自己的时候了，只有她才能让欧阳杰重生。如果方筝筝身体的一部分移植在了欧阳杰的身体内，那么他们都将永远不再孤单。

她不再犹豫了，坚定地向手术室走去。

手术获得了空前的成功。几天以后，欧阳杰身体得到了一定的恢复，精神状态也好了起来，他很纳闷儿为什么看不见方筝筝了，于是就问萨博丽娜："这几天我怎么看不见方筝筝了。她回去了吗？"

原来为了能顺利地做好这个手术，方筝筝要求所有的人在手术之前保守秘密，都不能告诉欧阳杰是要用自己的肾脏换给欧阳杰。现在手术已经成功，萨博丽娜也觉得没有瞒着欧阳杰的必要了，她告诉欧阳杰："方筝筝也住院了，而且就在我们这家医院。"

欧阳杰一听非常着急，忙问："怎么啦？她病了吗？"看着欧阳杰那种着急的样子，萨博丽娜看出来方筝筝在欧阳杰心目中的地位有多重要了。

“方筝筝没有病。是她救了你。医院在短时间内找不到和你有相同配型的肾脏，而你父母的身体又不好。我们不少人也做了检验，只有方筝筝的血型和肾脏配型最适合你，她就把自己的一个肾脏奉献给你了。”萨博丽娜把实际情况告诉了他。

这个消息就像巨浪猛然打在了欧阳杰的身上一样，他惊讶地眼珠子都要蹦出来了。“那她现在怎么样？”他急切地问。

“你们的手术做的都很成功。主治医生说方筝筝的身体恢复得很好。估计再有一些日子她就可以恢复正常。”

听到这里，欧阳杰侧下身子就想下床：“我现在就想看看她。”

萨博丽娜一下子把他按了下来，“医生说你根本就不能动。你除了要恢复你的肾脏功能，还要恢复你的腰间盘，至少还要一两个月的时间。”

欧阳杰很无奈地躺了下去。凭什么方筝筝要把自己的肾脏给自己？他后悔当初没有问一下要用谁的器官做手术，如果知道是方筝筝的话，他就是选择等死也不会让方筝筝这样做的。

两天以后，在欧阳杰的强烈要求下，医院把方筝筝放在移动车上，然后推进了欧阳杰的病房。方筝筝已经可以坐起来了。方筝筝看着欧阳杰，欧阳杰看着方筝筝，他们没有说一句话，欧阳杰把手伸了出来，和方筝筝的手紧紧地握在了一起。欧阳杰坚强的意志再一次被感动、被摧毁，从他的眼里又滚出了两行热泪。

两周以后，护士给了欧阳杰一封信。欧阳杰打开一看，原来是方筝筝写给他的：

杰，你好。

原谅我的不辞而别。由于我们医院工作任务繁忙，我不得不赶紧回去了。你的身体比较虚弱，需要很长时间才能恢复。你一定要精心养伤。

你的身体里面已经有了我的一部分，它将代表我守护着你，你将永远不会感到孤单。

萨博丽娜是一个非常出色的女生，我很喜欢她。我衷心祝愿你们能够走到一起。

筝筝

看完这封信，欧阳杰拿着信又在那里发呆，这时候萨博丽娜走了过来问：“你怎么啦？谁给你写的信？”然后把信从欧阳杰的手里拿了过来：“我能看看吗？”

欧阳杰还是在那里发呆。萨博丽娜很快就看完了这封短信，她感叹道：“我的好姐妹，我终生的好姐妹。”

欧阳杰这个时候也缓过来了。“方筝筝完全可以过来说一声再见以后再走的啊。”

萨博丽娜什么也没有说，她扶着欧阳杰坐了起来，用双臂紧紧地搂住了欧阳杰。

（十五）

几个月又过去了。一天下午，方筝筝忙完了工作，抬头看向窗外，不远处的山丘已经由绿色变成红色，外面树上橘黄色的阔叶正一片片洋洋洒洒地落向地面。一阵吹进屋里的凉风在提醒方筝筝——秋天已经来了。

上次从北京回来以后，欧阳杰给她寄过一张卡片，对筝筝无私的奉献表示深深地感谢。方筝筝是那种为别人做了事情，决不求回报的人，更何况她觉得本来就欠欧阳杰很多很多，这次她把自己肾脏移植给欧阳杰，一个是要报答欧阳杰为她以前所做的一切，这样她心里可以求得某种平衡；再一个就是欧阳杰的身体中已经有了她身体的一部分，今后无论如何他们都不会孤单。所以她也觉得没有什么，就一直没有给欧阳杰回信。当然还有一个重要的原因，就是她已经承诺了大伟，要和大伟走完一生，同时也想成全欧阳杰和萨博丽娜的好事。如果她总是和欧阳杰在情感上分不开的话，于谁都不利。

她托着下巴，歪着头，眼睛一动不动地注视着窗外。天开始变冷了，不知道欧阳杰现在怎么样了？他的身体怎么样？现在他是在中国还是南非？他和萨博丽娜的关系有没有进展？

正在这个时候，她的手机振铃响了一下，是一条短信，是欧阳杰发给她的。怎么那么巧，欧阳杰怎么知道她现在正在想他呢？短信是欧阳杰转发过来的一条问候信息："秋已至，天渐凉，鸿雁正南翔；花红树，寒气涨，冷时添衣裳。看枫叶，看橘黄，霜重色浓更清香。送如意，送吉祥，飘飘洒洒送健康。欧阳杰转发。"

现在有了手机真方便，一条短信瞬间就可以把问候送到了。她感叹电信公司的精明，据说他们雇佣了一批写短信的高手，每逢节假日或者比较有纪念意义日子的时候，那些或优美，或幽默，或有意义的短信就推向市场，它们在人们的手机中互相传递着，如果全国有一亿使用手机者，在重要节假日比如春节和圣诞期间每个人转发十条短信的话，电信公司的短信收入就可以达到一亿元，相当可观。

四季里面，方筝筝最喜欢的就是秋天了。她喜欢秋天是因为秋是一个充满层次的，立体的季节，每逢秋季她都要去周围的国家森林公园走走，由于那里海拔比较高，整个植被成立体分布，远处是白白的积雪，山的最高处是绿色的针叶林，底部是黄色的阔叶林，而中间部分的植被则又有点血橙颜色的味道。漫步于这种景致之中，便有无限的想象空间。她喜欢秋季还因为秋是一个收获的季节，辛勤劳动的人们在春季播种，精心护理，到了秋季便可以收获了，很有成就感。

她突然留恋起秋季来，真不希望看到窗外仅剩下的那几片树叶再掉下来。于是她就写了一首小诗：

送秋

重阳又逢九月九，
落叶辞树苦悠悠。
夜尽双目依含窗，
末叶未坠仍是秋。

写完以后她便发送给了欧阳杰。没过一会儿，欧阳杰回复短信说：“很有诗意，颇有贾岛《送春》的味道。如果你把苦悠悠改成闲悠悠也许更好一些。宽宽的树叶从树上款款而落，悠闲自得。秋天是美丽的，秋季是浪漫的，但是谁又能挡住冬季的到来呢。”

没过几分钟，方筝筝的手机振铃又响了一下，还是欧阳杰的短信："我已经痊愈了。我明天就要去南非了。项目已经基本结束，我要去完成收尾工作。我们公司有希望获得二期工程的合同，如果得到的话，我就要在南非长驻了。我希望你一切都好，保重。"

看到这里，方筝筝似乎有很多话要对他说，她很想听听欧阳杰那很有磁性的声音。她拨通了欧阳杰的电话。

"方筝筝，你好。你最近好吗？我很想你。"欧阳杰在电话的另一头大声地说着。“喂，喂，你怎么不说话啊?……喂，喂，喂，”还是没有回音。欧阳杰把电话挂断了。

几分钟后，欧阳杰收到了方筝筝的短信:“我很好。只是想听听你的声音。保重。”虽然没有过多的语言，但是欧阳杰已经感觉到了方筝筝的存在。

在这些日子里，心里最郁闷的恐怕就是大伟了。方筝筝那次去北京很匆忙，她临走前只是给大伟发了一个短信，告诉大伟自己要去北京处理一件非常紧急的事情，他也就没有往心里去。然而一周过去了，两周过去了，方筝筝只是告诉他事情还没有办完，一旦办完就立即回去，同时也让他不要担心。

又过了一周，大伟实在是不放心，就给方筝筝的医院打电话询问方筝筝出差到底什么时候才能回来。医院的领导告诉大伟，方筝筝是请事假走的。听到这里，大伟心里很不爽。他不明白，方筝筝为什么不和她说真话呢？难道她还没有完全地接受他？或者另有私情？

大伟很快就否定了最后一个猜测，因为方筝筝做事向来都是光明磊落的。如果有私情的话，为何又接受他呢？这也不可能，就在几天前他们还在一起讨论什么时候结婚，怎么操办婚礼，都要请哪些朋友等等，这说明了她已经完全接受自己了。那么一定另有原因。

晚上，他拨通了方筝筝的电话，询问方筝筝为什么没有和他说实话？为什么这么长时间还没有回来？是否遇到了难以解决的困难？

方筝筝的内心世界也是复杂的，一个是为了她可以牺牲性命的知己朋友；另一个是她已经承诺过一生都要相守的男人。他们两个在她的生活中都扮演者重要的角色。现在欧阳杰正处于生死关头，只有她有能力救他，此时此刻怎么能够眼看着欧阳杰走向另一个世界而撒手不管呢？如果大伟也遇到了同样的境遇，她也会毫不犹豫地把自己的一切奉献出来的。

在外人看来，似乎方筝筝是一个很幸运、很幸福的女性，她同时有两个优秀的男人深深地爱着她，而且都愿意为她奉献一切。然而，接受别人的爱是要有代价的，因为你也要为他们付出，而且也许还要付出双倍，甚至更多。

方筝筝没有在电话里做更多的解释，她只是说："大伟，我现在很需要你的理解。有些事情我一时半会儿还不能解释清楚，过几天我就回去了。我会把一切向你解释清楚的。请相信我。"

一周后，方筝筝回来了，拖着疲惫的身体。这么长时间没有见面了，大伟上来要拥抱方筝筝，方筝筝忙把他推开："不行，我刚做过手术。身体很虚弱。扶我走吧。"

"你怎么啦？做手术为什么不告诉我？"大伟又焦急，又担心地问她。

"没什么大不了的事情。过几天就好了，然后我把一切都告诉你。"方筝筝觉得自己目前的身体很虚弱，不想花那么多精力解释这些。该发生的事情已经发生了，过去的事情已经过去了，等以后好了再说吧。

在大伟的精心照料下，方筝筝恢复得很快，没过多久，她已经和手术前没有什么区别了。在一个方筝筝认为合适的时间，方筝筝突然问大伟："大伟，如果你看到你的一个非常好的异性朋友有生命的时候，你会舍身去救她吗？"

"当然会救了。"大伟毫不犹豫地说。

"那让你把你身体的器官捐献给她呢，比如说你的眼睛、皮肤，或者肾脏？"方筝筝试探着问大伟。

听完这些，一想到如果自己的眼睛要挖出来给别人，或者皮肤割掉一块给别人那种血淋淋地景象，大伟浑身的汗毛都竖起来了。

"我还从来没有做过这种假设呢"他突然不明白方筝筝为什么要问这些问题，"你问这些问题做什么？"

他似乎又明白了一些，然后用力地摇着方筝筝的双肩，"你是不是想说你把你的器官捐献给别人了吧？”大伟回忆了发生的一切，从时间和地点上分析，都印证了他的猜测是对的。

“你猜得非常正确。我把我的一个肾脏捐给别人了。”说着，她揭开了自己的衣服，“我这些天一直不让你看我的后背，现在就让你看吧。”

大伟帮方筝筝掀开后背的衣服，立即惊呆了。方筝筝白而美丽的后背上有着一条长长的紫色的刀口。刀口的两旁是手术以后缝针的痕迹，不仔细看还以为是一条巨型蜈蚣趴在上面呢。

大伟不敢相信这是真的，他用手指顺着刀口轻轻地摸着，手越摸越颤抖。他的心在滴血，在疼，那是因为他早已把方筝筝作为自己的爱妻，方筝筝就是他身体的一部分，方筝筝的肾脏就和他的一样；他心酸，那是因为他懂得当一个女人愿意把自己身体的一部分捐献给另一个男人的时候，他们之间会是什么样的感情。亚当只是用自己的一根肋骨造就了夏娃，而方筝筝却用了她的肾脏。虽然他知道救死扶伤是一个医生的天职，但是这个事实他却无法接受。

看着大伟的表情，方筝筝也猜出了几分。她摸了摸大伟的头发，眼睛盯着大伟，一言未发，不过那种坚定的眼神似乎暗示着：大伟，不管你怎么想，我已经做了。今后不论你怎么对待我，我都可以接受。

从方筝筝那里出来以后，大伟心如乱麻。他们本来很平和，很恩爱的生活为什么被一个叫欧阳杰的男人给打破？他百思不得其解，自己陷入痛苦之中。欧阳杰是什么样的人，居然占据了方筝筝的心？他不恨欧阳杰，因为他们根本就没有见过，更重要的是他信赖方筝筝，凡是方筝筝认可的人一定也是优秀的。

大伟还是决定给自己一段时间来思考自己对方筝筝的感情，同时也想让自己跳出来，从局外人的角度来重新审视他们的关系。

每天，大伟都会去买一些营养品和诸如枸杞之类的补药，然后煲好汤给方筝筝喝，可是交流却少了。看着方筝筝的身体恢复得不错，大伟有意疏远了他们的关系，从以前的每天都来看望方筝筝，到一个礼拜一次，后来一个月一次。方筝筝也明白大伟内心的矛盾，可是她并不后悔。她庆幸上天赐给自己一个机会来报答欧阳杰对她的爱，这样她的心里才能够平衡。再有，那天看到欧阳杰的生命快要走到尽头的时候，而她又是唯一可以救活他的人，她能坐视不管吗？

看到大伟对她的态度渐渐地冷淡下来，她的内心也非常痛苦，毕竟大伟是能给她带来激情和爱情的人，也因为此，她才愿意把自己的终身交给大伟。发生在方筝筝身上的生与死、悲与喜、爱与情，使她成熟了许多。她不抱怨大伟疏远她而让她孤独，她反而利用这些空间把自己埋在了书堆里，想通过大量的阅读提升自己对人生的进一步理解。

她终于提起笔给大伟写了一封短信。

大伟：

我理解你现在的心情。你一直在心底抱怨我把自己的身体器官捐给了一位深深爱过我的男人，而且在我做出此决定之前也没有和你商量。对此，我向你表示歉意。

欧阳杰曾经用生命爱过我，把我的器官捐献给他也许是我最好的回报，这样我在我剩下的生命中才能生活得平衡。

大伟，你是我生命中最重要的人，也是我深爱的男人。如果有一天，你需要我的话，我会献出我的生命。

这几天，我正在看印度著名哲学家写的《人生不可不想的事》一书，从中我找到了很多人生中难以找到的答案。比如说什么是爱？人为什么会嫉妒和愤怒？这位印度哲人说道：爱是把你的心，你的整个人完全付出，而不要求任何回报。不会拿出乞丐的钵去接受爱。我们生气和愤怒是因为我们没有从别人身上得到预期的东西，如果得不到这份愿望，就会不满足，失望和生气。

所以我们之间的感情还说明我们爱得不够，我们都没有意识到我们实际上都在希望得到对方情感的回报，如果我们彼此的情感都是无私的，那么我们就不会寂寞、生气、不满和嫉妒了。

我会把这本书送给你，因为它是我们去进一步认知我们自己人生的一把金钥匙。

筝筝

写完了这封短信，她封好以后，在信的后面轻轻地吻了一下，她相信当大伟看到这封信以后，会对他现在的心境有一定的疏解作用，也相信大伟一定能够感受到留在信封上面的香吻。

（十六）

大伟这些日子虽然不去找方筝筝了，可是他还是深深地爱着方筝筝。爱情有两个方向，一个是无私的大度，而另一种则是自私的嫉妒。而此时的大伟就属于后一种。周围的朋友也纷纷议论，有的还说：“大伟，你真没有出息，你的女人把自己的身体器官都给情人了，你还那么爱她？”这些风凉话，更加重了大伟的嫉妒心。

大伟开始虐待自己了，经常喝酒到很晚。他也开始听那些颓废和近似于歇斯底里类型的歌曲。他翻出了他曾经只听了一遍就扔到一边的那首《黑色星期五》，一遍遍地听，自己的情绪也跟着上下波动。就是这首歌曲曾经让上百人自杀，后来被英美国家的媒体封杀。后来，朋友又给他介绍了另外一首摇滚歌曲，就是那曲每一个摇滚吉他手都非常崇尚的《消失到黑色》。歌曲从节奏性很强的吉他开始，进而是显得很无助的歌声："生命似乎将要消失……我已经失去了生活的毅力，因为没有东西再给予。世界上已经没有属于我的东西，我需要走到尽头来获得解脱。昨天好像从来就没有存在过，死亡正在向我热切的召唤，现在我对你说——永别。"他越听越爱听，越听越觉得有道理，越听就越颓废。他似乎看破了红尘，每天都在麻醉自己。

一天传达室的老大爷敲门，送给他方筝筝写给他的信，那时他正疯狂地沉浸在那首《消失到黑夜》的曲子，他摇着头，半睁着眼，结果那封信连看也没有看就扔到了桌子上了。

又过了几日，他们舞蹈队接到了一个演出任务，就是要为一个当红的摇滚乐队伴舞。由于演出人员不够，大伟也要亲自演出。当他知道他们要伴舞的那个摇滚乐队是一个全国比较有名的重金属演奏团体以后，他异常兴奋，他打算编一个舞蹈，然后把《消失到黑夜》的思想、意境，还有那种绝望的情绪用肢体语言表达出来。舞蹈编得很成功，获得一致的赞同，但是反映的主题只有他知道。

演出是在一个体育场进行的，由于是全国最有名的当红摇滚乐队演出，全场几乎座无虚席。舞台设计还别具匠心的将舞台从两个方向延伸，一个是横的方向，一个 20 米长的 T 台伸向观众；另一个是纵的方向，在半空中架起了一座20平米距地面有十米高的舞台。这个舞台设计是从欧洲请来的，行内人士认为这个舞台设计在全国尚属首次。演员既可以通过 T 台走近观众，也可以即兴登上空中舞台表演，居高临下，高不可攀。

乐队演奏的第一首歌曲就把气氛推向了高潮。演出接近尾声的时候，他们居然开始演奏《消失到黑夜》，伴随着强烈的电吉他演奏声，乐队开始演唱了：

Life it seems, will fade away
Drifting further every day
Getting lost within myself
Nothing matters no one else

大伟带领两个伴舞演员登上了 10 米高的空中舞台。他们穿着黑色紧身背心和三角演出裤，带着皮手套，在耀眼的灯光下，他们的肌肉一棱一棱地显示出来，分外阳刚。台下一阵阵地呼喊着，大伟跳得越来越起劲，再加上这种令人欲醉欲仙的音乐，大伟已经忘记了自己在表演。

No one but me can save myself, but it too late
Now I can’t think, think why I shoul deventry
Yesterday seems as though it never existed
Death greets me warm, now I will just say good-bye

他好像在绝望中突然看到了一丝希望，那种希望让他安详、满足。“没有人只有你自己能够救你自己，但是为时已晚；现在我甚至不想思考，昨天好像不复存在，死亡正在热烈召唤，现在我就说再见。”

大伟就那样忘情地跳着，忘记了自己，忘记了演出，忘记了观众，他的每一个舞姿都能震撼观众的心，并且赢来一阵阵的欢呼。他开始翻跟头了，一个，两个，三个，四个……排练的时候只要求翻三个，他却翻了四个，翻第五个的时候，舞台已经没有空间了，就看见大伟一个优美的翻跃姿势，从十米的空中翻了下去，全场三万人的呼声突然没有了，乐队的歌曲也停了，接着是女孩子们的一片尖叫声。“咣当”一声，大伟重重地摔到了地上。

次日，大伟苏醒了，发现自己却在医院里。他好像自己的脸被包了起来，医生说他的脸被严重的划伤了。这些他倒不太在意，他想坐起来，然后离开这里。可是腿怎么也不听使唤，他看了看周围的人，他们都把头扭了过去。医生说："你现在的情况非常不好。你的腿和坐骨都受到了严重的损害，从目前的情况来看，你可能要高位瘫痪。"

大伟脑子"轰"的一声，他不敢相信自己的耳朵，他说："你是说我要终生残废？就像其他残疾人一样，每天只能扶着拐杖走路？"

医生点了点头。

"为什么会这样？为什么我没有死？为什么会是我？"大伟歇斯底里的叫了起来。他的身体一直是最棒的，身材是所有男人里面最好的。他不相信命运会这样的捉弄他，凭什么身体好，身材好的男人会有这样一个结局？昨天在舞台上跳舞的时候，他已经觉得自己得到了升华，可是热切的死亡为什么没有把他彻底地召唤过去？

"你先别激动。尽管你能恢复正常的可能性几乎是零，但是并不等于我们给你判了死刑。如果你永远不放弃并且有坚强的毅力，也许还有希望。"

听了以后，大伟又试图动了动他的双腿，一点反应都没有。这时候他觉得床单湿了，原来小便已经失禁，看着大家都在场，他唯一的动机就是放弃生命。他突然想到了方筝筝，并急切地环顾整个房间。此时他最想见的就是方筝筝了，而这里根本就没有方筝筝的影子。他一定要见方筝筝，一定要再见她一次。

医院里给他安排了护士照顾他的起居，他觉得方筝筝肯定会来看他的。可是三天过去了，一周又过去了，方筝筝就是没有来。大伟拿起了电话，但是又放下了。就他现在这个样子，半身瘫痪，脸上还贴着纱布，怎么有脸见方筝筝？一个男人的面子最重要了，他不想把自己最脆弱的一面让他最爱的人看见。

又几天过去了，大伟虽然不想见到方筝筝，但是方筝筝应该知道他出事的事情啊？难道方筝筝已经把自己忘了？难道她已经回到了欧阳杰的怀抱？即使真是这样，他一个残废人又怎么有资格要求方筝筝呢？

由于住院的费用太高，大伟已经没有康复的可能，医院就让大伟搬回家住了。家里给他找了一个保姆照顾他。大伟还在思念着方筝筝，“方筝筝，你就是绝情，就是变心了，凭着我们多年的感情，你也因该打个电话问一下呀。”大伟这么想着，心情也越来越差。女人啊，一遇见困难就逃得远远的了。我并不想让你来看我，更不敢奢求你嫁给我，我只是想再见你一面，然后我就可以了却残生了。可是方筝筝啊，你怎么这个机会都不给我呢？

（十七）

这天早上，保姆出去买东西去了。有人敲门，会是谁呢？他叫了一声：“请进！”原来是大伟舞蹈团的朋友。他告诉大伟：“前几天我看见方筝筝了，她早就听说你出事的消息了。后来我还看见他和一个男人在街上走呢。”听了这些话，大伟面色呆滞：她果真把我忘了，我在她心目中一点地位也没有了。

下午的时候，他把保姆放在旁边的一大堆信件又翻出来看，他猛然看见了那封几周前方筝筝给他的信，当时他却随手放在一旁了。如今看见那一行行娟秀的字体，那通情达理的文字，他后悔当时他情感那么脆弱，如果早一点看到这封信，他的心就会放宽，他对方筝筝的爱便是一个大度的爱，就不会变得这样颓废，也就不会沦落到现在的样子。

秋日的阳光已经不是那么热烈，但是透着大大的玻璃窗，依然把房间烘的暖暖的。大伟把轮椅靠背放平，便斜躺了下来。

某日，大伟似乎在一个公园里晒太阳，远处走来了一对儿手挽着手的伴侣。他定睛一看，这不是筝筝和欧阳杰吗！他立即躲到一棵大树后面想看个究竟。

只见方筝筝和欧阳杰就在前面的长椅上坐了下来。方筝筝用胳膊搂着欧阳杰说：“我们结婚吧？”

欧阳杰表情惊讶：“那大伟怎么办？”

“他知道了我把肾脏移植给你了，就离开我了。他就是这么一个心胸狭窄的男人。”方筝筝不满地抱怨着。

“大伟也不容易呀。换任何一个男人，都不可能容忍自己妻子的肾脏移植到了一个情敌的身体里。他也有一肚子苦水没处倒呀。”

躲在树后的大伟听到这里不禁潸然泪下，这些日子他的委屈和苦闷终于有人能理解了。

筝筝接着说：“所以我要放他走。他如果知道我们要结婚了，一定也就死心了。他人缘好，为人厚道，一定能找一个比我强很多的女人。”

树后面的大伟实在听不下去了，他要跑过去和筝筝说他依然爱着她，告诉筝筝他已经完全想通了。可是不管他怎么喊都喊不出声音，怎么跑都跑不动。他突然醒了，原来这是一场梦。他意识到自己在梦中居然还流出了许多眼泪，湿润了双腮。

屋内的阳光已经从睡前的照进来的 70 度角，变成了 30 度，似乎马上就要退了出去。此时大伟的心情也在忍受着痛苦的折磨。他后悔不该那么轻易地离开筝筝。他的身体状况已经不敢奢望方筝筝能和他走在一起了。但是他依然强烈的思念着方筝筝，多么希望在他最痛苦最孤独的时候，筝筝能过来看看他，哪怕只为他停留一分钟。

正在他发呆的时候，又有人敲门。“很少有人会在这个时候来看我的，会是谁呢？”他很纳闷儿，就高声地喊：“门没有锁，请进！”门被推开了，一个大箱子被推了进来，然后又是一个大包。就是没有看见人。

“搞什么鬼？”就在他猜测的时候，一个熟悉得不能再熟悉的身影终于从门外走了进来。

“筝筝，怎么会是你？！”大伟惊喜地喊了出来。他万万没有想到方筝筝会来看他。这些日子，他一直能坚强活到现在，就是有一个信念一直在支撑着他，那就是能够见到方筝筝。

“怎么啦？就不许我来看你了。”方筝筝显得很随意的样子。“我不仅来看你，而且还永远住在这里不走了。”说着，她指了指那个箱子和包，“你没有看见我把家都搬来了吗？”

听到这里，大伟一下子呆住了，他是渴望见到方筝筝，只要方筝筝能过来看他，就心满意足了。然而，他一点儿也没有奢望方筝筝能过来和他住，特别是他现在的样子。他懊悔自己错怪了方筝筝，心中既感动又内疚。他的鼻子发酸，眼泪禁不住又流了下来。他用手开始擦泪，猛然意识到了自己脸上的伤疤，慌忙用一只手捂住。

“不可以，不可以，我不同意你这么做。”他急忙摆着手。是呀，他怎么还能够结婚呢？他的坐骨已经受到严重伤害，基本上属于高位瘫痪；他的脸上有一条 5 厘米的擦痕。他已经不再英俊潇洒，怎么能配得上方筝筝呢？

方筝筝听了以后，走过来坐到了他的床边，并且用手轻轻地抚摸大伟的头发，脸颊，然后是那块伤疤。

“大伟，实际上你出事的那一天我就知道了。我一直没有来看你，是因为我也在思考我们之间的关系。你现在基本残废了，而且还破了相。我完全有理由选择离开你，离你越远越好。然而，人的一生不是那么简单的，它是一个爱情与付出，激情与承诺，美与丑的综合体。”说着，她又理了理大伟额头前面的头发。

“我是承诺过要嫁给你的。既然承诺了，我就要一生地遵守；我选择了爱你，就要做好一生都要付出和牺牲的准备。我既然接受了你的美，那么我就不会放弃你的丑。”大伟也伸出手柔情地抚摸着方筝筝的秀发，仔细听着，而没有打断方筝筝的谈话。

“这些日子，我一直在思考，在犹豫，在说服家人，在为自己的行动寻找理论基础和答案。我读了不少书，特别是印度的一位哲人给了我不少启发。”

“就是你在信里提到的那位哲学家吧？”大伟插了一句话。

“是的，在他那本著作里面，他阐述了人生在世需要了解的很多问题，例如爱与恨，丑与美。”说到这里，她又用手轻轻地摸了一下大伟脸上的伤疤。

“开始我听到你的脸受伤了以后，知道会影响你的形象。如果我和一个残疾人而且脸上有疤痕的男朋友或者丈夫走在街上，肯定心里不舒服。那么究竟什么是美，什么是丑？你怎么样对待美和丑呢？我终于在他的书里找到了答案。那位老人说：‘假如你说某个拱门很美，别人说他丑，那么到底哪个比较重要？是为了不同的意见而争论，还是应该对美与丑抱着敏感的态度？生命中有污秽、卑鄙、堕落、悲伤、眼泪，也有欢乐，笑声，以及阳光下的美丽的花朵。重要的是，你必须对所有的事物很敏感，而不只是决定什么是美丑，然后就停在这个意见里’。这里的所谓的敏感，我理解就是都要有同样的感觉。美也好，丑也好，都是客观存在。我反复看了好几遍这段话，我现在终于想通了。”

说完，方筝筝俯下身去，轻轻地吻了那条疤痕。听了这席发自肺腑、感人至极的话语，大伟再一次被感动，眼泪顺着眼角留了下来。方筝筝把这感动得泪水轻轻地擦去，然后又仔细看了一下，她发现那条伤疤只是伤了表皮，并不是很深，处理一下，用不了多久就看不出来了。

“大伟，你看你的伤疤并不是很严重。过些日子，我找一个专家，帮你好好看一下，然后再处理一下。我估计用不了两年，你的疤就看不出来了。”

听了这话以后，大伟的眼睛一亮，然后又暗了下来。“方筝筝，你别逗我开心了。即使我的脸真的能恢复到以前的样子，那我的腿怎么办？医生已经给我下结论了，我是高位瘫痪，也就是说基本上丧失了生育能力。我怎么可能娶你为妻呢？”其实，方筝筝能够来看他，他已经很满足了。他早就下了决心，决不会让方筝筝嫁给自己而耽误她的美好前程。

“别忘了我是医生啊。其实我们做医生的都很明白，很多人的病都是可以治好的。这包括医药治疗和心理治疗。这两方面都是很重要的。不少病人倒是用了不少的药，可是还不能痊愈，在不少情况下，是他们自己放弃了。还有一部分病人，他们非常自信，乐观，坚定地认为自己的病完全可以治好，结果即使不怎么用药，他们最终还是恢复了健康。我们医院不少癌症患者，由于乐观自信，最终都康复了。”

大伟听了以后，心中又是一动。那天，当他从听到医生说他是高位瘫痪的那一刻起，他的内心就已经崩溃瘫痪了。他从来就没有想到自己是否还能恢复起来。他早就绝望了。这时候，他抬起脸，看着方筝筝，一脸的迷茫：“真的行吗？”

“行！一定行！如果你没有信心，就一定不行。”说着，她侧过身来，用双手捧起大伟的脸，轻轻地吻了几下大伟的嘴唇。大伟开始还闭着双唇，受到方筝筝柔软唇舌的刺激以后，他慢慢地把嘴张开，方筝筝的舌头就像一条高山上的小溪，一直在寻找入口，当大伟的嘴张开以后，拦住溪水的闸门也就打开了，这条清澈柔顺的溪水把方筝筝的渴望传送给了大伟，也把希望带给了大伟。

他们就这么吻着，一会儿，方筝筝停了下来，像母亲一样把大伟的头抱在了自己的怀中，动情地说：“大伟，你一定要有信心恢复健康。我无论如何都要嫁给你，我不要任何人的孩子，只要你的。”

大伟的脸正好夹在方筝筝酥软的双峰之间，他感觉方筝筝的心在跳，那种母性的需要在向他召唤。那双峰让他产生了无数个遐想。

在一个人绝望的时候，突然得到了同情，得到了无比的关爱，就像战争年代最后一个战士用尽了最后一颗子弹，敌人马上就要用刺刀把他刺成蜂窝的时候，他突然看到了增援部队到了一样。他感动，他有这样一个好女人在这个时候关爱她；他激动，他任何时候都没有像现在一样渴望自己是一个男人。

方筝筝的温情使大伟产生了一种无形的力量，充满了他的浑身上下。这个时候，他的下身好像动了一下，他突然感觉自己的下身有感觉了……

（十八）

几年以后，在D城的那条江边公园里，方筝筝坐在一条长椅上正在做着手工，大伟正在压腿，踢腿，做锻炼。

方筝筝抬起头来，远处走来了两个大人，一个小孩。“大伟，你看他们来了。”

顺着方筝筝眼睛看去的方向，走来了欧阳杰和他的妻子萨博丽娜。那年，欧阳杰的公司中了第二个标，欧阳杰就又回到南非。他负责完成了第一个工程的收尾工作以后，就开始了第二个工程，也就是在那年，他们结婚了，并生下了一个可爱的女儿。那边跑边跳着过来的小女孩，就是他们的女儿。

而大伟在方筝筝的鼓励和精心照顾下，也顽强地站了起来。他们一年前也结婚了，挺着大肚子的方筝筝，每天都在大伟的陪伴下，来江边的公园散步。今天，方筝筝特意拿出了那块有特殊意义的钻石，她发现连接钻石的项链已经松动了，于是她买了一条最结实的线绳，准备给它做成数以百计的花结，然后把钻石挂上去。每天她都在编一个个的链结，一个串一个的。

年初，欧阳杰要回来探家，两个家庭就约好了在D城的江边公园相见。

几年不见了，风霜已经写在了每个人的脸上，然而他们的心却更贴近了，无论从哪一个角度看，他们已经成为了一个大家庭。

欧阳杰走过去问方筝筝：“预产期是什么时候？”

“还早着呢，估计4个月以后吧。”方筝筝笑着回答，那么地开心。

“我又要有一个外甥啦。哈哈。”他也高兴地笑着。他忽然看到了戴在方筝筝胸前的那块钻石。“你还带着呢？你把项链换了？”他又仔细看了看，

“一个链结、一个链结的，真漂亮。”

“我看原来的有些松了，就自己编了一个线绳项链。一个环扣一个环的，我用了一个多月时间才做好了呢。”接着，她感叹了一声：“人的一生又何尝不是一条链子呢？”

在那边萨博丽娜和大伟也在聊着。

“你的不幸我们早就听说了。看到你恢复到现在的程度，真为你和你的太太高兴。”萨博丽娜说。大伟一边和她聊天，还一边做着运动。

“还没有完全好利索。有的时候，天不好，腿还是有点痛。不过总的来讲，是越来越好了。我现在已经可以慢跑几千米了。明年我还计划参加全市的马拉松比赛呢。”说到这里，大伟还快跑了几步。

可爱的小女儿看见了以后，就说：“叔叔，那我跑，你追我吧？”

“好啊，你喊‘开始’吧！”

“预备……开始！”她还没有喊开始，自己已经先跑出去了。

大伟就在后面追她。在一边聊天的方筝筝看见以后，说：“大伟总是逞强，他现在还不能剧烈运动呢。我把他追回来。”她忘记自己已经怀孕 5 个月了，站起来就跑。

欧阳杰立即说：“你怎么能跑呢。快回来！”说完就要把她追回来。

在一旁的萨博丽娜看见了，就说：“欧阳杰，他们都是玩游戏呢。跑的都不快，你不用追。”看看欧阳杰也没有理会他，她就接着说：“我们干脆玩游戏吧。我追你吧。”说完，也跑了起来。

可爱的女儿这个时候也跑了过来，“妈妈，我追你吧？”她就在后面开始追妈妈了。

几分钟以后，小女儿停下了，喘着气，笑着说：“爸爸，妈妈，真开心，真有意思！刚才我看见叔叔追我，阿姨追叔叔，爸爸追阿姨，妈妈又追爸爸，我又追妈妈。我们组成了一个大圆圈，一环接一环的。”

是啊，小女儿道出了情感的真谛。人与人的感情就是一个链子，你欠他的，他又欠另一个她的，而她又欠另外一个他的……

这时候几个人围坐在一个小桌旁边，那颗戴在方筝筝脖子上面的钻石最抢眼，在穿过茂密树叶的一束阳光照耀下，闪闪发光。

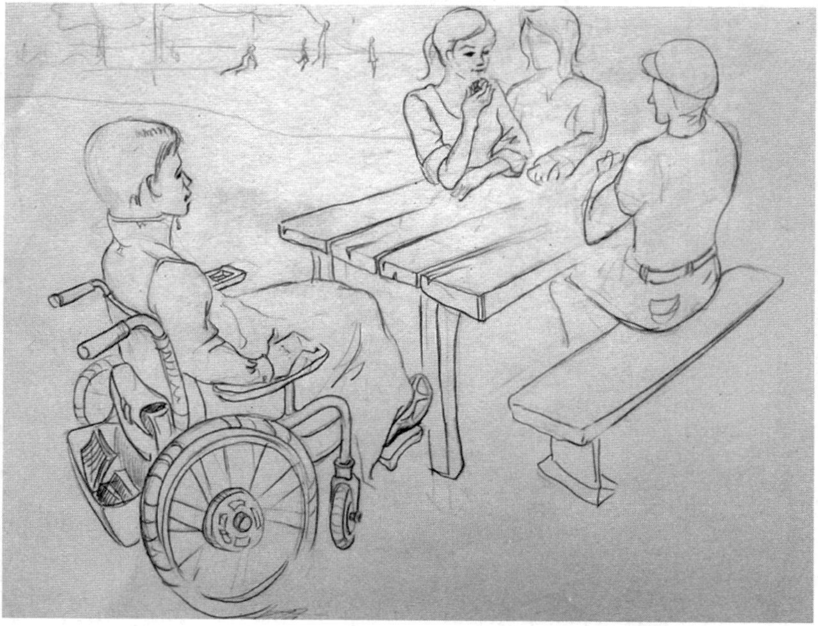

短篇爱情小说

《紫水晶之梦》

《爱上你等于爱上寂寞》

《九十九片红枫叶》

九十九片红枫叶

“都夜里 1 点了，还在网上啊？”他睡不着，就又登录了那家网站，去了他常去的聊天室，他还给自己起了一个网名，叫无名男人。他看见一个名为京西小桥的也在线，就试图和她聊两句。

“你是谁？我没有叫无名男人的朋友。”

京西小桥是一个典型的夜猫子，白天睡觉，晚上上网。她在北京的一所艺术学院学表演，今年刚毕业。在中国学艺术是有两条出路：成名或者改行，否则命运是很凄惨的。她选择了后者，由于她在面试时的表现出色，已经被一家旅游公司录取，正在家等候上班。

“每个朋友都是从陌生人开始的。有了第一次，就有第二次了，”他还做了一个微笑的表情。

“我喜欢和你聊几句。好多人上来就问我多大了，在哪儿住。真俗！”她也还给他一个笑脸。

“回答你的问题，我一般夜里 12 点以后才开始上网。你为什么这么晚还不睡？”

“刚刚终于看完了《激情燃烧的岁月》的最后一集，比较兴奋，睡不着。”上周他打开电视，无意中看到了这部连续剧。看了两集以后，感到不过瘾就索性到楼下的音像店，把整套碟片都买回来了。然后花了一天半时间，基本上是不吃不喝，终于把整个剧都看完了。

“我听说这个剧不错，可是我还没有来得及看呢。听说孙海英先拍的戏，吕丽萍后来补拍的。当时吕丽萍看到孙海英在地里的表演，那样逼真，她都不敢拍了。不过后来他们配合的还是不错的。”

“你怎么知道的呢？”他心理纳闷。

“我是搞艺术的，关心的就多一些。你为什么喜欢这个剧呢？”她开始对无名男人好奇起来。

……

接着他们就从孙海英到石光荣，又到《笑傲江湖》的田伯英；从吕丽萍到张丰毅，又到她的恋爱婚姻；从电视剧到生活，又到人生；然后又从人生回到生活。一直聊到了天亮。这时他们已不再陌生，好像是久别的朋友。

“我能给你打一个电话吗？我就想听听你的声音。”

“当然可以了。20 分钟以后可以吗？”经过四个多小时笔聊，她早已经把他当成了朋友。她有一个直觉：这个人会在她今后的一生中，扮演非常重要的角色。此时的她也很想听听他的声音。

她赶紧到洗手间匆匆的洗漱完毕就抱着电话上床了。她关掉了卧室里所有的灯，只留下了弥漫着柔和橘黄色灯光的床头灯。她非常欣赏自己的脸蛋，在大学时很多大型文艺活动都是她主持的。她和大学里的另外 3 个女生公认为学校的四朵金花，无论是在图书馆，还是在食堂，还是校园的小路上，回头率极高。她更欣赏她的身体，绝对标准的三围，平躺在床上，整个身体就像美丽的地貌，有圆滑微凸的丘陵，还有广阔平坦可任骏马奔腾的草原。但令她最骄傲的应该是她的皮肤了，真可谓是“冰肌玉肤，自清凉无汗”。

这边的他同样以最快的速度洗漱完毕。他已经是快四十的男人了。几年前和妻子离婚后，就一直单身。由于他酷爱运动，钟情游泳和足球，身体很魁梧；同时，他又是一个比较爱学习的人，从大学到研究生，成绩一直名列前茅。男人吗，如果头脑空空，就没有了气质；如果没有了经济基础，就没有了气度；如果没有健康的体魄，也就没有了气力。而他这三种都有了。是时代特有的机遇造就了他。

他也躺到了床上，拿起了电话。他也不明白为什么要打这个电话。他也有一个感觉，似乎她就是他想要的女人！终于，他拨通了她的电话。

“你好！”电话传来了温柔的声音。天呢，她的声音真感性。

“你好！”

“你的声音真有磁性，很好听。和我想的一样。”没想到京西小桥倒先赞扬起来。

“你也是，很温柔，很感性。”两个人互相恭维一番，又都会意地笑了起来。然后又是一阵的沉默。尽管有十秒钟没有语言的交流，但双方都可以感到对方的气息，更重要的是感到了彼此的心跳。

“我真想抱抱你，”还是他先打破了这种令人心跳的沉默，但他也不敢肯定对方的态度。

“我也是。”她本来是要说“不要的”，但却鬼使神差地说了“是”。她以前交过一个男朋友，后来发现这个男人实际上是个色鬼，经常和桑拿中心的按摩小姐鬼混在一起，后来她就毅然决然地和他分手了。和他交往的 3 年里，她从男友那里积累了不少经验。是他的男友使她从一个天真浪漫的女孩变成了一个女人，也使她感觉到了做一个真正女人的幸福。他们分手已经有大半年了，开始还沉浸在失恋的痛苦之中不能自拔，到后来随着时间的消失，痛苦和仇恨也慢慢逝去。有时独自躺在床上反而对男人有一种莫名其妙的渴望，尤其是洗完澡以后，自己摸着腻滑的皮肤，感觉更是强烈。现在听到这种男人极富磁性的声音，身体有一阵阵的冲动。她真希望此时的他就在她身边，耳鬓丝摩，抚摩她的胴体。

就这样两个人不但从心理还是生理上都达到了一种默契。

第二天下午，无名男人 3 点才起床。突然想起了 4 点单位还要开会，就马上从冰箱中拿了一袋奶，连热也没热就喝了。开会时仍在回想昨晚幸福的聊天，他真想见她，并暗下决心今天晚上一定和她约会。他在设想她长的样子，一定很美。

回到家以后，第一件事就是打开电脑。啊！京西小桥也在！她一定在等我。

“你好！”

“你好！”两个人几乎同时打出了同样的问候。

自从早上通完话以后，她就异常的兴奋，在床上翻来覆去不能入睡。她索性起床吃了些东西，看了会儿电视，就又回到了床上。醒来以后天已经黑了。真不知道该吃早饭、中饭还是晚饭？她做了一碗面，还往里面打了两个鸡蛋。“今天晚上他会不会还上线呢？会不会打电话给我呢？”想着想着就又坐到了电脑前。进了聊天室以后。她还用京西小桥的名字，等着无名男人的出现。聊天室里不断有人向她打招呼，她理也不理，一心等待他的出现。都十点了，他怎么还不上来啊？

突然她看到了“无名男人”，她的心一下提了上来。

“你是我的无名男人吗？”并在后面加上了期待的表情。

“你好，我就是。我的京西小桥。”他也很激动，因为他知道有一个人，正在怀着同样的心情，期待着他，等着他。而他也用同样的心境等着这个人。

“你说我们两个能成为什么样的朋友？”她试探地问着。

“我觉得男女之间的关系是分层次的。第一层就是最高级的，也就是既有感情，又有肉体的结合。情人关系，以及不少婚姻关系都属于此；第二层次是有感情但没有肉体的接触，不过男女只要有感情，必然会有肉体接触的；第三层次是只有肉体而没有感情，但前提是双方至少应欣赏对方的身体。这种关系的表现形式多为一夜情或嫖娼等；第四层次是既无感情也无身体接触。它多属于工作上的关系，实数无奈。以上几层关系不是固定的，可以相互转换的。婚姻也不一定只出现在第一层次。”

“我们两人吗，”他接着往下打，“应该是第一层次的吧。”

“你就那么肯定吗？”她很高兴他能这么想，“不过我可能会让你失望的。”

“我想不会的。我可能还会让你失望呢？”说完，又打出了一个顽皮的表情。

“你还想再结婚吗？我特别想结婚而且喜欢孩子。”她也打出了一个顽皮的表情。

“那我们两个结婚吧，然后要个孩子。如果生的是女孩，就叫小桥；如果是男的，就叫小林。”两个人越聊越近，似乎是一对儿相识很久的情侣，正在讨论操办婚姻大事呢。接着又是天南海北地聊了许久，便又改成了煲电话粥，一直到了决定双方见面的时间和地点。

“我们明天下午 4 点在香山公园大门见面，不见不散！”他说。

“一言为定。”她坚定地答应了他。

翌日下午，他提前半个小时就到了。今天的他特意穿了一件 V 字领口的 T 恤衫，显得很有朝气和活力。8 月的北京异常炎热，而到了香山却凉爽了很多。

他站在一棵大树底下，逐一打量来往的行人，特别是年轻的女性。不远处走来了一位女士，她身穿一身白色为底，并有蓝绿点点组成图案的连衣裙，披着一头如泄洪一般的褐色长发。是她，一定是她。这是他的直觉，而这种直觉并不是人人都有的。

“你是小桥吧？！”他非常肯定地问。

“我要是说不是呢，无名男人先生？”两个人都会意的笑了。在她向大门口走的时候，她就看见了树下的他。大门口除了几个练摊儿的，就是几个蹲着的游客。她的直觉同时告诉她，树下的那个人就是她所要见的人。

看到他向她走过来，她更坚定了自己的判断。

他们相互寒暄几句后进了香山公园，慢慢地往香炉峰方向走去。两个人默默地走了几分钟，相互猜测对方对自己的看法。路开始陡了起来，两人从并排走变成了一前一后走。她在纳闷他为啥走得这么快，难道他不喜欢自己的外表？不可能的，从小到大还没有人说过她不漂亮的呢。即使是他不喜欢自己的外表，也无所谓，这种只重外表的男人也不可要。

尽管阳光已经从 135 度的照射变成了 175 度，北京 8 月的天还是比较热的，再加上爬了半个小时了，她有些喘了，额头上也冒出了汗。突然间她看到了一只手伸向了她。原来在她最需要帮助的时候，“无名男人”伸出了援助之手，小桥顿时对他充满了好感。她把手交给了他，两手相触，一股电流涌向了两人的心头。据西方专家实验，手是人身体中最敏感的部位，因为它可以体会到对方的感觉，通过十指与另外十指的交流，可以表达双方的感情。他紧紧地握了一下她那纤细的手，她也紧紧地握了一下他那硕大无比的手，接着两只手就牢牢地扣在一起了。此时不需要再有什么猜疑，也不需要任何语言。与十指扣在一起的手相同的是两颗紧贴的心。

爬到了半山处的一个小平台上，往下看，是一片片枫树，往前看便是整个北京城。一阵凉风吹来，很是惬意。他看着她，她也看着他，四目充满了渴望。他一把将她搂在怀中。

“嫁给我吧？”他的身心对小桥充满了渴望。

她明显感到了他身体的变化，为了让他降降温，便从他的拥抱中挣了出来。

“再过 3 个月这片枫树的叶子就全部变红了。那时你再向我求婚，好吗？”她是这样考虑的，如果 3 个月以后，他还依然像今天这样对她有激情，那她就会答应他。否则就只能作为一般朋友了，毕竟相识才几天。女人考虑的总比男人要仔细要长远。

“好的。”他毫不犹豫地答应了，因为他坚信他会爱她的，而且是一生一世。

“不过你的意思是我们 3 个月之中就不见面了吗？”他接着问。

“我们每天可以通一次电话或发电子邮件。”她认为这种交流是最好考验男人的方式。

“那我们不管发生什么样的事情，我们约好 99 天以后的下午 4 点在这里见面。一言为定。”

“一言为定。”说完两个人又紧紧地拥在了一起。

从此以后，两个人每天都要通个电话，好几次都聊了通宵。谈话的内容从国外到国内，从工作到人生，从天文到地理，无所不谈，但最多的还是他们两个人之间的情感与未来。在生活的问题上，在对待金钱的态度上，在对亲朋好友的关系问题上，在人生价值观上等等很多方面都达成了共识，甚至认为在半年之内应该结婚了。

一个月后的一天他给她打电话，发现她的语调比较忧伤、冷谈，没有说上几句话她就把电话挂了。他想这几天也许是女人的生理期影响到了她的情绪，也就没有在意。

第二天又拨通了她的电话，而她对他说：“我们结束吧？”接着就又挂断了电话。他一下子懵了，“没搞错吧，人和人之间的友情怎么这样脆弱？！”为了能弄清事情的真相，他再次拨打她的电话，然而听到的是关机的信号。“为什么？为什么？”他百思不得其解。他立即又给她发了一封邮件，询问其中的原由，但没有回复。他仍没有放弃，一连数日不是打电话就是发邮件，可是结果都是一样。

他苦苦的思考，猜测其中缘由。她是否又有了新欢。女人都是耐不住寂寞的。在网上能认识我，也可以认识别人。也许现在的她，正在和新欢亲密呢！网恋就这么虚幻，这么无情。现今这个社会，有钱的男人见到有些姿色的女人就跟狼似的，就是意志再坚定的女人也禁不起重型炮弹。他想起了由黛米•摩尔和雷德福合演的电影《不体面的求婚》中的情节。女主人和一位年轻英俊的青年恋爱多年，而且也准备近期结婚。不过男友的经济状况不好。一天两人到赌场去玩，结果女主人被一个亿万富翁看上了，就提出了和她住一个晚上，然后给她一百万美金。她回去后和男友商量此事。想到一夜之后两人就会成为百万美金的拥有者就同意了。可是这笔钱并没有带给他们任何快乐。女人啊，就是见钱眼开。

也许小桥就是一个感情老手，专门以欺骗男人的感情为快。听她讲过她以前男友的事，知道她刚和男友分手后，痛恨所有男人，难道她是在报复男人？不是传闻有一女子知道自己传染上艾滋病以后，就和数个不同的男人发生性关系，然后把爱滋病也传染给别人吗？

也许小桥就是一个骗子。现在骗子那么多，谁能保准。前天报纸还报道有一漂亮女子利用网上到处行骗，不到半年骗了 30 万。在目前利欲熏心的社会，人变的越来越势利，为了得到物质的满足行骗的遍地都是。

他越想越认为自己考虑的有道理，他排除了后两个理由，认为前两种最有可能性。头脑一发热，就立即给她发了一封邮件，骂她是如何薄情，如何的见异思迁，骂得她一无是处。回车键一按就把邮件发了出去。此时的他感到如此的轻松，终于解脱了！

转眼 3 个月过去了，在过去的日子里，他没有再给她打过电话，偶尔发一两封电子邮件。不过他的潜意识告诉他，他还是想念她，也许还掺杂着爱，因为没有一天他不想她的。她的一举一动，一颦一笑总是在他的脑海里浮动。他决定在第九十九天的时候，他仍然要赴他们的约定，这样也使他们之间的感情画上句号。即使她不去，这对他自己的感情是一种交代。

在第九十九天的下午，他又到了香山公园，还是提前半小时到达，还是在那棵树底下。不同的是约会时间到了，等的人却没有到。又过了 30 分钟，仍然没有她的踪影。她肯定不会来了，他想。事实上，他也没有期望她会来。正要离身而去的时候，一位女士走了过来。

“你好，我叫杨歌，是小桥的好朋友，”杨歌介绍了自己。

“小桥为什么自己不来，为什么？”他急切地问。

“她也许再也见不到你了。她让我把这个盒子交给你，”说着把一个竹编的小木盒交给了他。他接过来盒子，并小心翼翼地将其打开，他一下子惊呆了，盒子里面整整齐齐地放着三叠红枫叶。他轻轻地抚摩着片片枫叶，发现每一片都画着一个心，并写着“我爱你。”想到自己是如此地错怪了她，自己简直猪狗不如。

“小桥在一个多月以前就来过香山，”他边数着枫叶边听着杨歌的谈话。

“她是来采摘枫叶的。她要摘够九十九片枫叶，然后都把她的心画在上面，每一片枫叶代表着她每一天思念你的心。可是就在她摘第九十片枫叶的时候，一只脚踩空了，就滚下了山坡。她的胳膊、腿都严重擦伤。在化验血的时候，医生发现她患有一种病毒性坏血症，而且已经到了晚期。在目前中国的医疗技术水平下，这是一种绝症”。

他不用数了，因为里面肯定有九十九片枫叶。

“知道了她患的是绝症以后，她非常绝望，并和任何人断绝了联系。她让我一定把这枫叶交给你，并把你们之间恋爱故事也都告诉了我。她说你如果向她求婚，她百分之百会答应你的，而且会把这些代表她的心的枫叶送给你。”

“那她现在呢？在哪所医院？赶快告诉我！”他现在就要见到她。

“一周前她妈妈为她办理了到美国就诊的手续，三天前她已离开中国了。医生说就是在美国治愈这种病的成功率也只有百分之十。估计我们永远也见不到她了。”

他再也控制不住自己了，眼泪夺眶而出，滴滴泪珠落到了红红的枫叶上。

爱上你等于爱上寂寞

门铃响了，她打开了门。

“是你？”她惊喜地看见他就站在门前，满面阳光。自从上次分开以后，一个月又过去了。她天天在盼他，今天终于盼到了。

“也不提前打个招呼。”她半撒娇，半埋怨地问。

“不是想给你一个惊喜吗？”他边说边把她抱到了床上。最初他们还是温和地亲密着，没过一会儿他便把她剥个精光。她喜欢他近似蹂躏她的感觉。她太想念他了，太需要他了。

他是她们公司的客户。一年前公司让她接待来自 N 城的他，他的潇洒和商人的那种精明以及特有的气质征服了她。两天以后他们的关系就发生了实质性的变化。那个周末，他们没有迈出他下榻的酒店半步，那张大床成了他们四十八小时做爱的巢。

从那以后，他来她的公司越来越勤，从一个月一次变成了四次，而过了一段时间，又从四次减少到了三次，三次变成了两次。她从来没有问过他为什么现在来看他的次数越来越少了？他是否已经有了家庭？她认为她是爱他的，而爱一个人就是无条件的。

爱一个人容易，而经历爱这个过程却是痛苦的。每次他来到她这个城市，她的内心充满了希望，心里是那样地温暖充实。而每当看到他穿好外衣，提着他的电脑包走出大门的时候，内心又是多么凄凉和绝望。她也没有问过他下一次来看望她将会是什么时候。也许是一周，也许是一个月或者更长。剩下的便是她无期限的等待。有的时候她会站在窗前，望着窗外发呆几个小时；而有的时候门外的一点动静和声响都会让她心跳半天，兴奋不已。

最难熬的是黑黑的夜晚了。北方的夜晚总是那样长，晚上不到五点，天就黑了，而早上八点了，天还不亮。每当她躺在冰冷床上的时候，她多么希望他也在，那样的话，她便会把自己冰凉的手和脚放在他的身上，直到暖热为止；她有的时候彻夜难眠，真希望她可以向他吐露心扉，而他也会把她拥在他的怀里，用他的那只大手轻轻地拍着她入睡；偶尔，她的肌肤会有一种强烈需要抚摸的欲望，她又多么希望他能够在她的身旁，然后用他的身体压在她的身上轻轻地摩擦。

今天他终于来了，她没有放过他。她要他满足这些日子积累起来的所有需求，不仅是精神上的，还有身体上的、肉体上的。

她任他去抚摸，任他潮汐般一次次地撞击。她喜欢他用尽所有力气把她抱得紧紧地，直到揉碎，而她这个时候才能一次又一次地得到快乐的享受。

不知道是什么时候睡着的，她醒来的时候，发现她正躺在他的肩上，米色的灯光依然亮着。看着熟睡的他，她心中充满了爱意。她轻轻地吻了一下他那有些紫色的唇，手托着自己的头又仔细地打量着她爱得发狂的男人。他虽然算不上是一个帅男，但是他粗粗的眉毛，高高的鼻梁，还有把他的脸撑成立体的颧骨，再加上他性感的胡须，这种足够的男人味可以让任何一个女人心猿意马了。

天亮之时就是他又要将背影留给她的时候，而不知道又要有多少个寂寞难耐的夜晚等着她。她现在就想要他，要他把以后不能得到的补回来。想到这里，她用手柔柔地抚摸他的下身。那里是软软地，像一团棉花。他太累了，长时间的旅途，再加上刚才几个小时的肉搏战，他已经没有力气了。而她却不想失去这个机会，她要他，要他的所有。于是，她把头埋在了下去，受到敏感刺激的他一下子醒了。几分钟以后，她主动地翻身骑到了他的上面。

一转眼，一个月又过去了。上午的时候，她收到了一个他的短信："由于要去其它地方出差，最近不能来看你了。"她略感失望。下班回家的时候，街上叫卖鲜花和巧克力的声音不断地在提醒她：情人节又要到了。看到一对对手拿鲜花的情侣在街上走过，心中一阵阵地惆怅。难道情人节就不属于我吗？

回到家里，她拨通了好友的电话，问她的朋友晚上是否可以出去一起散散心。她的朋友说，她已经和她的男朋友约好出去吃饭了。不死心的她又打电话给她的另一个朋友，对方却告知今天晚上也有约会了。对方把电话都挂了，她手里还拿着听筒，她极力控制着自己不要让眼泪流出来。

这个时候从窗外传来了伤感的歌声，那首歌便是《爱上你就等于爱上了寂寞》。她绝望了，一下子把电话扔在了地上，趴在床上大哭起来。

紫水晶之梦

梦遥是一个美丽的姑娘。也许是居住在少数民族集居区，她也颇有少数民族女子的模样。她瓜子脸，额头高高的，眼睛大大的，再配上略高的鼻梁，俨然有些像西方女孩子了。和这里大多数少数民族女孩子不同的是，她的皮肤白白嫩嫩的，好像从出生以来，就一直没有出产房一样。

这天，她把领导交待的工作全部完成了以后，在自己的桌子前，泡了一杯“碧螺春”。这还是两年前男朋友给她养成的习惯。那时候，她的脸上经常长小痘痘。男朋友告诉她，那是因为她的身体有毒素，需要排出来，而“碧螺春”就有排毒的功效。如果每天都喝它，就会变被动排毒为主动排毒，皮肤就会更好了。于是他就借出差的机会，专程去了西山洞庭“碧螺春”茶基地，结结实实地买了十几斤，够她喝上好几年的了。

梦遥看着那绿色的叶片先是竖了起来，然后又慢慢地落了下去，心情有几分惆怅。人是一个奇怪动物，女人更是。你也不知道什么事情就会让她突然兴奋，什么事情会让你猛然失落。有的时候什么原因都没有。

每次喝“碧螺春”，她就想起了以前的男朋友。他对她就像手中捧着的珍贵器皿，永远是轻拿轻放，并把她珍藏。前年的情人节，他去香港为她买了施华洛世奇的紫水晶项链，那是她最喜欢的礼物，每次都不舍得戴它，而一旦戴上它，就永远不想再拿下来了。她喝了一口“碧螺春”，把眼光又留在了她这几天一直都戴着的紫水晶项链上。一束阳光正好照在了水晶之上，紫色光芒从各个切面折射出来，令人目眩。

一天男朋友告诉她，他实际上已经有家室了，不想再夹在老婆和情人之间生活了。因为每次善意地欺骗都让他内疚，梦遥告诉他：我早就知道你的情况了，我不介意你有家室。男朋友对她说：梦遥，你已经到了结婚成家的年龄了，长痛不如短痛，你要学会忘掉我！从此，男朋友就消失了。

男朋友是对的，他怎么也算个负责任的男人。她也尝试着忘掉男朋友，但是换来的却是更加思念。有言道，忘掉一个男人最好的方法就是找到一个新男人。她也在寻找，可是没有一个比上他的。

北方虽然已经进入严冬了，而南方依然一派秋色。她喝着“碧螺春”，眼睛呆呆地望着窗外，一会儿一片秋叶从树上落了下来，她发呆的眼睛动了一下，一会儿，又一片秋叶落了下来，她意识到秋天快要结束了。想到美好的秋季曾经带给她无限的快乐，她真不希望秋天就这样离去，更不愿意看到窗外仅剩下的那几片树叶再掉下来。她想起了前两天看到的网络流传很广的小说《有你，生活从此不再孤单》中的一首小诗来，当时她觉得很好，居然背了下来。那首小诗叫《送秋》：

重阳又逢九月九，
落叶辞树苦悠悠。
夜尽双目依含窗，
末叶未坠仍是秋。

这首诗很符合她这个阶段的心境，谁也不希望秋天就这样离去，然而谁也挡不住它，留下的只能是顺从和无奈。

下班了，梦遥又踏上了那条熟悉的回家之路。这些年她一直和父母同住，他们的房子还是五十年代建的。物业不配套，基础设施也不好，很多家都陆续买了新房搬了出去。她也希望有一天能在条件好的小区给父母买一个大房子，让他们搬过去享福。正当她拐过一栋楼的时候，突然窜出来两个男子，一个把她的包抢走了；另一个看见了那条紫水晶项链，便使劲要把它拽了下来。梦遥拼命地护住紫水晶，但是仍然输给了抢劫犯。紫水晶就这样被抢走了。

回到家，她伏在被子上伤心地大哭起来，晚饭也没有吃。她打开了电脑，在她的博客里面记录了这天的经过，题目是《别了，我的紫水晶》。

第二天晚上，梦遥打开了博客。居然有不少人给她留言了。她快速地浏览了一下，大多是安慰的话语，其中有一条消息引起了她的注意。上面的留言是这样写的："我一直都在留意你。知道你的紫水晶丢了，很同情。一个让你那么心痛的紫水晶必然有一段令你难以忘怀的故事。紫水晶丢了，也许意味着某一段情感的结束。从这个意义上看，也许是一件好事。我经常去奥地利出差，为了能不让你再伤心，我会买一个，等到我去你们城市的时候送给你。"

言语不多，但是很真诚。至少前几句很有道理。也许那一段情感真该结束了，但是她不在意后面的几句话。目前全国网民总数都有两个美国人口总数那么多了，为了让女人开心，什么样的人都有，说什么话的人也有。但是她还是很感激他，便回了留言："谢谢你的留言。你的言语很有道理。"

过了几周，那个男人又给梦遥留言了："我这些日子在奥地利出差呢。奥地利是水晶之乡，这里的水晶是世界上最好的。忙完了这几天，我会到街上看看，给你买一条紫水晶项链。"呵呵，天下哪有这样傻的男人，出国去奥地利就那么容易呀？再说了，一条紫水晶项链，即使是最小的也要好几十欧元。谁会为一个网上故事买项链呢？然而，梦遥依然有礼貌地回复他了："我已经好多了。不用你为我操心了。你的言语已经让我感动了。"

又过了几周，那个男人又给梦遥留言了："我已经回国了。我已经为你买了一条紫水晶项链。下周正好要去你们城市出差。到时候见面交给你。"

啊？事情怎么来的那么突然？难道他真的兑现了他的诺言并买了项链？难道网上也有真诚？梦遥开始相信这是真的了。她突然有了要见见这个男人的好奇心：“欢迎你能来我的城市。作为东道主，我会请你喝茶的。”

这个网络男人终于来到了梦遥的城市。由于工作原因，他居住在城市新开发的科技园区，距离市中心要一个多小时的车程。梦遥告诉他：“这个城市我比你熟悉。我下班后去科技园区找你吧。”

在科技园区的一个咖啡屋里他们终于见面了。网络男人见过梦遥空间的照片。当她看见门外一个女人款款走来的时候，就像从照片走出来一样。他立即迎了出去，并为她打开门。“这是一个很懂得尊重女人的男人，”这是给她的第一感觉。

女人看男人并不注重男人的外表，但是对身高的要求却很高。梦遥猜想这个北方男人一定身材魁梧高大。从他承诺买项链这件事情判断，这个男人的性格也一定粗犷豪爽。然而见面以后，才发现他的身材并不高，充其量也就 1.7 米。他看上去很书生气，丝毫没有粗狂的感觉。梦遥心想：“原来是一个典型的知识分子，很像一个工程师。”

“你好，梦遥，能见到你真高兴。”网络男人用热切的眼光看着梦遥。看着他那种热切又有几分激动的眼光，梦遥知道他肯定很喜欢自己了。她回答：“我也高兴见到你。怎么称呼你？”

“我叫魏青云，就叫我青云吧。”

梦遥问：“你怎么会知道我呢？”她想知道这个男人要认识她的真正动机。

“那是一个偶然的机会。我们公司是生产滑翔机的，一直想开发航空模型的市场。有一天我看见一个报道，知道你们公司就是生产航空模型的，你还代表你们公司把一批模型赠送给了一个地区的贫困学校。我看到了你的照片，非常喜欢。就 google 你的名字，找到了你的空间。”他喝了一口茶，接着说："没想到进了你的空间，就进入了你的生活，所以每天都在关注你。"

原来是这样啊。梦遥相信，他认识她确是出于真诚了。

这个时候，青云从包里拿出了一个小盒子："这是我要送给你的紫色水晶项链。我也不知道这是不是你想要的。那天我知道你的项链被抢以后特别心痛，就想为你做点事情，让你高兴。"说着，他慢慢地打开了盒子，一个亮晶晶紫色水晶现身了。这是一个蝴蝶形状的水晶，在灯光照耀下一闪一闪的，似乎正在飞翔。

梦遥真没有想到青云的心这么仔细，这个蝴蝶形状的水晶，正是她想要的，而紫色又代表着华贵、庄重，非常合她的心意。想到了那天那两个强盗硬是夺走了她心爱的项链，想到了那天晚上她伤心地几乎一晚上都没有合眼，想到了这些日子为了不让其它饰物取代原来的紫水晶而一直不愿意戴任何饰物，她被感动了。梦遥几乎用发颤的声音，对他说："谢谢你，真的谢谢你。"

青云看着梦遥那么喜欢他的礼物，一直悬着的心终于平稳下来。他说："不用客气。我最开心的就是你能喜欢它。你要不现在就戴上它吧。"

"好的。"说着，梦遥就从盒子里拿出来项链，"能帮我一下吗？"

于是青云走到梦遥的后面，帮助梦遥戴项链。一看青云就不熟练，半天才戴好。不过两个人的身体的距离几乎都等于零了。看着戴着蝴蝶水晶项链的梦遥，青云一下子被梦遥的美丽迷住了。此时他内心一阵冲动，真想一把把梦遥搂在自己的怀里。

梦遥发现青云虽然外表不是那么伟岸粗狂，但却是一个有板有眼，很大方的成熟男人。他喜欢这类男人，因为他们可以给她安全感。她希望能和他的距离走的更近一些。

时间就在他们交谈中不知不觉过去了。梦遥一看表：啊，都快 11 点了。回市区的班车马上就没有了。梦遥突然站起身子说："不行了，晚了。我要赶上回市区的班车。"青云觉得意犹未尽，很想再和梦遥聊聊，因为明天他就要离开了，于是他说："要不你今晚上住在我们酒店吧？"

梦遥没想到时间过得那么快，她真想留下来多和他交流一下："我也希望留下来和你多聊聊。可是不行啊。我明天还要上班，老板会交给我很多事情做。”说完站起身来就向外走。

青云也跟了出去，一起奔向班车车站。末班班车还有几分钟就要发车了，梦遥停住了脚步，转回身来。青云和梦遥面对面站着，没有更多的话语，只有眼神的交流。男人和女人的情感不一定是需要时间来做担保的。今晚上，青云一年多的期望得到了诠释；而梦遥觉得今天也是到了要完全忘记过去那个他的时候了。

梦遥知道青云非常希望她能留下来，其实自己何尝不是呢？

汽车发动了，梦遥踏上了回市区的班车。

回到房间，青云各种情感交错在一起。他兴奋，那是因为他的心诚和努力得到了梦遥的认可；他遗憾，他为什么没有对梦遥表白自己的情感；他后悔，为什么在汽车离开之前不给梦遥一个深情的拥抱……

他打开了电脑，找到了梦遥的空间。思量很久，在梦遥的空间留下了简单的几个字：“梦遥，我爱你。”

正在这个时候，有人在敲门。他开门看看，根本就没有人。他又回到了电脑前，又有敲门的声音，难道是自己的错觉？仔细听听，的确是敲门的声音，他打开门一看，亭亭玉立的梦遥出现在眼前。她带着微笑，眼却含着泪水。这不是做梦吧？他大步走过去，紧紧地把梦遥抱在了怀中。

梦遥说：“我上了车以后，思想斗争了半天。我突然觉得我不应该留你一个人在这里，我也觉得有很多话需要向你倾诉。”

青云轻轻地吻了一下怀中的梦遥，她接着说：“刚才司机半路不让停车，我还和他吵了半天呢，都是为了见你。”说着，眼泪禁不住地流了出来。青云真不忍心看她流泪，他用嘴顺着眼泪流下来的痕迹把她的眼泪一点点地吻干，吻到梦遥性感嘴唇的时候，他们再也忍不住了，四片火热的嘴唇揉在了一起。

情感实录

《英国的鬼》

《你遇到过这样的人吗？》

《给你一百美金》

《老黄家的那把菜刀》

《老侯》

《父亲的背影》

《不能，我不能这样》

《光棍儿万岁》

光棍儿万岁

我有一个不好的毛病，每当我看到什么消息的时候就总是胡思乱想。前两天在网上看到了一则消息：英国一个男人平均要有27个性伙伴，而一个女人平均要有15个；而中国的一个抽样调查也公布了一个惊人的数据：我国的一个男人平均要有15个性伙伴；而一个女人平均要有7个。我百思不得其解，我周围的人都很保守，他们一生中能有超过2个以上的就不错了。也许眼下的青年一代太超前了，即使是这样，要是男人的平均值为15个的话，那么一个年轻人至少要有超过30个性伙伴才能把平均值拉上去。另一个不得其解的是总量的问题。我的理念是男人有性伙伴的数量应该和女人有性伙伴的数量是相同的。以中国的调查为例，假设一个独立的社会有100个男人，而每个男人的平均性伙伴为15人的话，那么就要有150个女人相匹配；同时也假设有100个女人，而每个女人的平均性伙伴的数量为7个的话，就要有70个男人。可是多出来的80个男人到哪里找性伙伴了？如果这个调查真实地反映了中国的社会现状的话，答案只有两个：一种可以解释为有的女人非常开放，可能有几十个性伙伴，这种“重复利用”即使在不少女性很传统的情况下，也能把平均值给提上去。另一种解释就是目前的信息革命和个性解放使不少女性体验了婚前和婚后的非婚姻的性关系，而她们有碍于社会舆论，就把自己的秘密永远埋在自己的心底了。

难道这世界就没有从一而终的老婆和丈夫吗？我相信还会有的，但是需要双方的共同努力。正在胡思乱想的时候，我的一位朋友打来了电话：

“哥们儿，有空吗？”太熟悉的朋友就是直率，我估计他今天晚上有事求我，于是我说：“我正在发呆呢。有事吗？”我的确不知道我现在正干什么呢，发呆也许是最好的比喻了。

“我情绪不好，出去喝一杯吧。我请你。”都是好朋友，谁请谁不一样啊。但是我突然想起来了，他是马上要结婚的人了，晚上还不陪陪女朋友，我问道：“你不在家陪你女朋友，约我出来干什么？”

“我就是想和你聊聊我的婚姻呢。”原来是这样啊。别人都以为我能给婚姻出点什么招儿之类的。只有我最了解我自己，我对婚姻和感情的理解更是一塌糊涂，怎么能帮助别人解决感情问题呢？不过我还是答应去了，我的好奇心强，目的明确，说不定又是一段什么艳遇的故事呢。

一个小时以后我们在一个咖啡厅见面了。我很不喜欢和一个大老爷们儿在一个咖啡厅聊天，如果聊天的话，一定要三个人以上，否则看上去太酸了。我建议去一个酒吧，是那种有慢摇音乐的酒吧。这种酒吧的音乐不是很强烈，说话也能听得见。如果两个人暂时没有话说了而觉得尴尬的话，还可以假装地随着音乐左右地摇摆几下。如果高兴了，可以喝得一醉方休，然后把心中的喜事、烦恼、郁闷、忧郁、痛苦都一古脑儿地发泄出来。

我们去了一家酒吧，那里的环境还真不错，特别适合我们这样“老不正经的家伙”，以前也去过那些什么菲斯，什么糖会之类的地方，环顾四周，发现基本都是孩子们，像是换了一个地方上课，很不舒服。如果再遇到自己的学生恰好也在那里，再叫你一声“老师”的话，看你的脸面还往哪儿放？

我们点了一瓶苏格兰威士忌，加上可乐以后，一人先干了一杯。

“说吧。是不是和老婆吵架了？”我直截了当地问。我们几个朋友都见过他的女朋友，是个很不错的女孩子。知道他们的关系很稳定，所以就称呼他的女朋友为他的老婆了。

他居然挠起头来，而且还有些吞吞吐吐地说：“我又认识了一个新的女孩子。”他很不好意思，如果灯亮一些的话，肯定可以看出他的脸一定很红。

“呵呵，你还真行啊。”我讽刺地夸着他。“你老婆怎么办？”我的第一反应是他马上就要结婚了，居然又来了一个。

我接着感叹道："这世界真不公平。饥饱不均啊！"说真的，我怎么也不会想到居然能有女人喜欢他。他已经是奔五的人了。两年前认识了现在马上要结婚的老婆，外人看来还是很和谐的。他个子只有1米7多一点，小小的眼睛，有点像一个叫什么红雷的电影演员，平常不太爱说话。不过他的工作很出色，随着业绩的提高，他在公司已经升到了管理层的位置。

"你别挖苦我了。我正在痛苦着呢。一个男人拥有无数的女人，那是每一个男人的梦想。可是如果真的给你这个机会了，别说无数个了，就是两个也让你生不如死啊。"他说得夸张了点儿。一个男人有几个女人倒不可怕，怕就怕在她们都对你有感情，而你又是一个拿得起，却放不下的人。

我们又干了一杯，这次是没有加可乐的纯威士忌酒，非常浓烈。也许是酒精起了作用，我的朋友也打开了话匣子，把他的事情经过全都交待了出来。

三个月前的一天，他们公司一行四人去南方出差，在飞回北京的途中，他们两个人坐在前排，他和另外一个同事坐在了后排，他坐在了三个座位的中间位置，他的同事坐在了他的右侧。飞机基本满员了，可是他们这排靠窗户的座位依然空着。马上要关舱门了，他们很希望别来人了，这样他们的空间就可以大一些。这时，一个女生急冲冲地冲了进来，直奔这个座位。她边往自己的座位挤，边说"对不起"。挤到他的座位的时候，他使劲地往后靠，给他让出更多空间来。女生坐下来以后，很感激他刚才的举动，于是转过头对他说了一声"谢谢"。他也把头向左转，回了一声"不客气"，四目同时相对，有如两束电光的撞击。他的心中一颤：这个女生好面熟，好像在哪里见过。如果现实生活中没有见过的话，那一定是在梦里了。

他把头转向左侧想再多看这个女生一眼，结果女生也正好转头看他。他赶紧把头转到了右侧，一副四处随便看看，若无其事的样子。这个女生可能赶飞机太急了，出了不少汗。她从包里拿出了一块手绢，擦完汗以后，又左右扇了几下。一种淡淡的香水味和女人的体香向他这个方向飘来。他深深地吸了一口，希望他不断地扇下去，这样他就可以一直享受这种让他如醉如仙的味道了。这个女生好像也看透了他的心思，手中的手绢一直在挥着。他忍不住又向左看了过去，结果又和女生的眼睛碰个正着。与上次不同的是，这次女生给他送来了一个甜美的微笑。他也和她微笑了一下。这个时候，他感觉这个女生对他是友善的，而且也愿意结交他。女生的微笑给了他胆量和信心。可是他还是有心理障碍的，首先，他没有忘记自己是一个已经承诺别人的男人，而且马上又要结婚了。其次，他的右边就是他们的同事。他们公司都很器重他，万一看见他和一个陌生的女生搭腔，对他的声誉可能不利。

他坐在那里闭上了眼睛，准备不去想这些，况且飞机一个小时以后就要到了，不该发生的事情一定不要发生。可是他的左侧又传过来一阵阵令人晕眩的香水味，让他不得不在脑海里一遍遍闪过这个女生那双会说话的眼睛，还有那甜美的微笑。对了，女生的嘴唇最性感了，那洁白的牙齿，还有那略有些厚的双唇，让他联想到了许多许多。如果错过这个机会，他就要错过一个梦中见过的人。迈不迈出去这一步呢？他激烈地挣扎着。这时候送水的空乘要把一杯水送给这个女生，他睁开眼睛，下意识地接过水，就交给了左边的女生。而他又得到了那甜美的微笑和一声“谢谢”的奖励。而他的手也碰到了那个女生柔如棉丝的手，他的心又颤抖了。他准备冒险了，于是，拿出了一张纸和一支笔，写下了他要说的话。

“我喜欢你的眼睛和你的微笑。能认识你真好。”然后把纸交给了左侧。

那个女生突然愣了一下，立即反应过来。她也在纸上写道：“我很欣赏你的礼貌和恰到好处的热情。认识你也很高兴。”女人看男人和男人看男人的标准绝对不一样的。虽然我的这个朋友在我看来其貌不扬，可是他一个小小的举动怎么就能打动漂亮女生的心呢？

“你愿意今后和我做朋友吧？”他接过了她传过来的纸条，那娟秀的笔记，让他又产生结识并拥有她的冲动。他把纸条又悄悄地递了过去。

“当然可以。不过我想知道你就是因为我的眼睛和微笑而让你愿意和我做朋友的吗？”她写道。

“不是的。我好像在梦里见过你。好像我们的相识是命运的安排。”这的确是真心话。

“我也觉得我们很熟悉了。就像认识很长时间了一样。这是我的电话，过两天电话联系吧。”

他也把他的电话写了下来，然后把写着自己电话号码的地方撕了下来交给了女生。然后他顺手握住了她的右手，她也被这突然的举动吓了一跳，接着平静下来。她的手没有撤出来，就让他这么握着。他们可以感觉对方跳动的脉搏，那是一种无声的对话，一种无声的交流。在飞机着陆的一刹那，他们都觉得自己有了重新的归属。

他们在第二天就见面了，有了那天感情的铺垫，这次一见面就拥在了一起。他把车开到了一个偏僻的停车场，在那里他们演绎了激情的一幕。他觉得她就是上帝特意为他制造的，她的每一个部位都和他的那么吻合。都说女人有感情才能做爱，而男人做完爱后才能有感情。这话千真万确。特别是他本来对她就心动，做完爱以后的感觉就更不一样了。他突然觉得他爱上她了。如果和他那马上要结婚的女朋友相比，他觉得眼前这个更合适。一辈子的幸福才能是真正的幸福。

之后他们又见面了，这次他们谈了很多。他们有很多共同点。他们都愿意把这种关系保持得更长更久。也许是怕失去这个女生，也许是怕伤害她，他没有告诉她已经有女朋友，而且马上就要结婚了。他想找个时间和他的女朋友好好谈谈，然后分手，这样和新认识的女生就可以名正言顺地交往了。

他回到了家以后，和马上要结婚的女朋友说：“我们不合适，分手吧。”他的女朋友听了觉得太突然了，一阵晕眩，不过马上镇定了下来，说：“让我考虑几天吧。”几天后，女朋友告诉他：“我们有 3 年多的感情了，已经磨合得差不多了。我不同意分手。”他也没有办法，从此便对她开始冷淡了，他觉得如果这样下去，他女朋友用不了几天就会同意分手的。

他又回到了新女朋友的怀抱。当他们又把感情的问题谈到更深一步的时候，他只能告诉女生他已经有女朋友了，而且正准备分手。女生听完以后，沉默了半天，然后转过身来使劲地拥抱他，亲吻他。他心想，这也许是对他坚决和前女友断绝关系的奖励。他在女生的拥吻下，又一次和她展开了“肉搏战”，而这次这个女生一反常态地骑到了他的上面，她拼命地动着、摇摆着、大声地呼叫着……最后趴在了他的身上，然后在他的额头上又轻轻地一吻。这一切都使他觉得他的决策是完全正确的，这个女生让他太满足了。

第二天，他给女生打电话，结果是手机关机的信息。以后的几天，他又接连打了好几个，结果都是一样的，他彻底绝望了。就在这个时候，他收到了女生的一个短信：“感谢你给我的一份感情。那天在你额头上的吻，是我送给你最后一个吻。你也好自为之。”

他赶紧打电话过去，手机已经关机了。过了一天再打的时候，电话已经停机。他有些歇斯底里了，一下子把手机摔到了地上，摔了个粉碎。他不明白女人为什么可以这样地绝情，说变就变。此时，他想到了他那位要结婚的女朋友，她温柔、贤惠，从来没有消失过，即使是在他非常激动而说了许多伤害她很深的话的时候，她也没有离开他半步。他突然觉得还是前女朋友好，回去后一定要好好地向他道歉，然后下个月就和他结婚。他这么想的，也决心这样做。

他急忙地向家的方向赶去，到了家门口，迈着坚定的脚步走了进去。女朋友没有在家。他突然发现桌子上留了一张纸条，是马上要结婚的老婆留给他的：

“请允许我最后叫你一声亲爱的。经过这两个月的考虑，我终于决定离开你了。你不用再找我了。”他一下子懵了，接着焦急地往下看。

“我不会忘记你对我的好。人生聚是相对的，分是绝对的。你一直不会照顾你自己，连内裤和袜子都不会洗，更别提自己做饭了。你要找一个比我更好的女人照顾你……”

他已经看不下去了，眼泪情不自禁地掉了下来。

听到这里，我看到我的朋友真的动情了。他拿酒杯的手有些颤抖，说话也上句不接下句的。我从来没有见过一个大老爷们儿在我眼前掉过眼泪的，搞得我心里也酸酸的。我把他的酒杯和我的酒杯都倒满了浓烈的纯威士忌，然后扶着他的肩说：“老弟呀，你也别难过了。每一个男人在这个世界都会犯上一次两次错误的。否则就他妈的不是男人了。千万别难过，能找到弟妹就尽量地把她找回来，她的确不错。如果找不到了，咱就一辈子打光棍。”

朋友举起了酒杯，使劲地和我的酒杯撞了一下，然后大声说：“光棍儿万岁！”

我也半醉地跟着喊：“光棍儿万岁！”

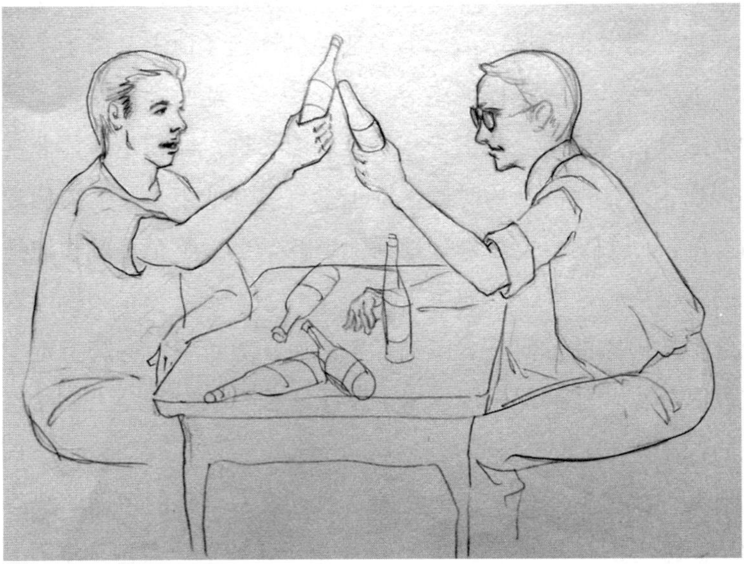

不能，我不能这样

一年一度的国庆大假终于按时来了。和其他人一样，我也在盘算着怎样才能过好这几天来之不易的假期。如果不出京城，总有些于心不忍；如果出去吧，到处又是人。思考之中，朋友打来了电话："去不去东北的 S 城，咱们开车去啊？"

我开车出远门儿的次数还真不多，我喜欢那种驾车远行的感觉，如果把油门踩到底，两侧的房子啊，树啊，车啊，都会被你甩到后面了，很有成就感。在北京见到过不少东北人，但是他们并不一定就有代表性。很想知道真实的东北人是怎样的。于是，我很爽快地答应了朋友的请求。

北方的秋天就是好，温度适宜，空气洁净度高。车开出京城不久，那只有在童年时才见到过的蓝天、白云，就展现在了你的眼前。远离喧闹的大都市，并选择这个时节出行，抑郁的心情也如同秋高气爽的天，格外愉快。

车上我才知道朋友这次去 S 城市的动机。一是要去看望他十多年前曾经在部队一起奋斗过的老战友；二是看望他几年前认识的一位女性朋友。说起他的那位战友，他就滔滔不绝了。那时候，他们都在新疆戈壁滩的导弹基地服役，那里的条件异常艰苦，平常很少有娱乐活动，于是他们就在戈壁滩上修建了一个篮球场，每天打球成了他们的主要娱乐活动。一天晚上，天黑得伸手不见五指，呼啸的沙暴一次次地向他们的营地袭来。从餐厅到营地一定要路过那个简易篮球场，他的那位战友就和他开了一个玩笑，当看到他从餐厅出来的时候，就偷偷摸摸地蹲在地上，我的朋友怎么也没有想到前面会蹲一个人，他正捂着脸要穿过操场跑回宿舍，一下子被那个搞恶作剧的战友绊倒了，只听"噗"的一声，他脸朝地的栽了下去。他最值得骄傲的两颗大门牙也摔得不知道去哪儿了。从那里以后他们竟成为了好朋友，每次战友聚会的时候都要提及这件事。

说起那个女性朋友，我朋友的话就比较谨慎了。三年前，他参加了一个到西南山区旅游的旅行团，早上出发时候，天气还很晴朗，走了一半的时候，天突然变了，居然还下起了雪。团里的人不少都是有备而来的，纷纷拿出比较厚的衣服穿上了。而我的朋友看见了一个只穿件半袖衫的女生，在一个角落里发抖，嘴唇都紫了。也许是我朋友天生就善良，也许是部队的雷锋精神还没有从他身上全部泯灭，他二话没说就把自己的外套脱下来了，披在了那个女生的肩上。那位女生眼睛都直了："我真的遇见了活雷锋了吗？"

他们就这样相识了，我的朋友是一个摄影爱好者，据他讲，那个女生很漂亮，那天他给她还拍了不少美丽的照片呢。旅行结束以后，他们回到了各自的城市，三年之间却一直没有间断过联系，每次信的后面不是说你要来看我，就是我有机会一定去看你，看那口气，他们的关系已经有点那个了。这次，他终于决定来北方这个城市看她了。

听着朋友自豪地谈着那位女朋友，我的脑子里已经把她形象地勾画了出来。喜欢爬山的女生，身体肯定很健壮。她的皮肤一定是巧克力色，而且富有弹性的那种；她肯定很阳光，因为喜欢大自然的都是这样。说实在的，我倒真的想看一看这个女生了。其实，我对东北人没有什么概念。只是听说，东北人最能忽悠了，人死了，也能给忽悠活了。东北人在酒桌上可以承诺你很多事情，酒一醒，啥都忘了。

几个小时以后，我们驶进了东北的 S 城。这是一个新老正在交替的城市，城市之所以发展就是因为它像海浪一样，旧的建筑淘汰出局，具有时代感的建筑又不断跟上。可以看出这是一个正在发展的城市。由于到处修路，事先准备好的地图根本就用不上。唯一的办法就是向行人打听道路了。和东北人打交道，心里总是没底儿。刚才还说人家会忽悠呢，现在又要向人家求救，所以觉得不好意思。让我没想到的是，那个东北朋友居然和我们讲了好几分钟，最后走之前还问："行不？要不啥我带你们到前面的路口。"我真的被地道的东北人感动了。

在那位东北朋友的热心指引下，我们顺利的到达了目的地。朋友的战友真是好客，那一晚上大家都喝高了。回到酒店，朋友的那位女朋友又给他打来了电话。她是做生意的，开了一个小茶屋。她邀请我的朋友去她那里坐坐。得知我也是一起来的，一定要让我也过去。我真的很矛盾，我去肯定就是电灯泡的角色；不去吧，又控制不住自己的好奇心。最终还是决定去了。

没过多久，我们就到了那家小茶馆。那是一家装修很简单的茶馆，窗和门都是木质的，屋檐下挂着在风中略微飘动的红灯笼。门口站着那位女生，她大约二十八九岁的样子，身材姣好，亭亭玉立。比我想象中的她要柔弱一些，不像喜欢和大自然走的很近那种类型的人。看见我以后，她以主人的身份和我打了招呼，然后眼光就基本上没有离开我的朋友。我们走进了茶屋，里面的灯全部由灯罩罩住，色调很轻柔。我们三人在里面的一个桌子旁坐下以后，服务生端上了三杯绿茶。借着灯光，我又仔细打量了一下她，她穿的是一件天蓝色长袖衫，尽管还是10月，由于北方的城市一般早晚温差大，她的脖子上还围着一条真丝纱巾，即防寒又可以装饰，看起来落落大方而不乏华丽气质。她的五官清秀，眼睛总是晶莹的，忽闪忽闪的好像在和你说话。和我以前想象区别最大的就是她的皮肤了，居然那么的白皙，完全不像是那种常年经常外出旅游的人。

他们聊着天，我就在旁边品着茶，同时也品味着她身上显现出来的每个优点。记得有一个很有名的作家曾经说：世界上每一个女人都有她独特而美丽的地方。我很赞同这点。不论我们与谁交往，如果总是挑一个人身上的缺点，那么你永远会失望的；如果你学会了发现一个人的优点，那么你的心情永远是愉快的。以前曾经和一个外国朋友谈论女人的姿色，他说他以前的女友非常漂亮，说着还把她的照片拿了出来。我一看，这个女人满脸都是雀斑，怎么能是最漂亮的呢？他说其实那些雀斑很适合她的脸型，特别是雀斑的分布很有味道。他还补充说，脸上有雀斑的女孩看起来更可爱。我又看了看那张照片，顺着朋友的思路，我发现有雀斑的女生的确可爱而美丽。而我眼前的这个女人，更是无可挑剔。这时，我注意到他们两个人的手不知道什么时候已经握在一起了。三年没见了，他们一定有不少的话要说。

我真的觉得我在这里是多余的，赶快喝了几口茶，说："我有点困了。先回去睡了"。他们异口同声地说："再多玩一会儿吧。时间还早呢。"他们纯属客气，我还是起身走了。

看了一会儿电视，洗了个澡，我就上床了。此时已经快十二点了，我的朋友还没有回来。我的手机响了一声，原来是朋友发的短信："我今天晚上不回去了。"哦，果真是一对有情人啊！

我躺在床上，却怎么也睡不着了。我估计就是那绿茶的作用。别看那在透明的水杯里，茶叶一根根地倒挂着，给人一种祥和而富有希望的感觉，你一旦喝了它，准保你会失眠。我在想他们此时此刻正在干什么呢？也许，茶馆里就剩下他们两个人，他们手握着手，四目相互注视，没有更多的话语，只有此处无声胜有声的感觉；也许他们已经从茶馆出来，上了出租车以后，她依偎在他的身上，闭上眼睛，享受着久违的满足；也许他们到了家门口，就像电影里演得那样，连钥匙都来不及掏出来，就拥抱在一起，再来一个世纪的吻；也许他们已经上了床，他迫不及待地把她剥个精光，然后一起滚到了床上。我仿佛已经听到了男人喘的粗气和有节奏的撞击声，和女人享受那种男人野性的呻吟声……

这种略带淫秽的思维，反而成了催眠药，等我一觉醒来的时候，太阳已经照在屁股上了。对面的床依然是空的。他怎么现在还没有回来呢？说好我们今天就要赶回北京的。洗漱完毕以后，我正要给朋友打一个电话的时候，门开了，我的朋友站在了我的眼前。原来他早上起来的时候，就不见了那个女生。他给她打电话，结果又是关机。没有办法，他把门带上，回到这里了。

这个时候，门铃又响了，门开以后，原来是她站在门口。她的右手提着一袋子香蕉和橘子，左手递给朋友一包东西，说："这水果是给你们买的，路上吃吧。这包里是灵芝，它是我爷爷老家的好朋友在长白山采到以后专门送给他的。昨天晚上，你说你的父亲病很重。我记得爷爷曾经说过吃灵芝很有好处，所以一大早我就问爷爷要了过来。爷爷最痛我了，我要什么，他都会给我的。"

真是个傻女生。我心想。知道吗？这个野生的灵芝如果在北京，至少要上万元。你怎么能这么轻易就送给别人了？她好像听见了我心里的话，接着对我的朋友说："我们东北人都知道这灵芝是最珍贵的。可是东北人要是交朋友，就交心。送别人东西，就要送最珍贵的。何况，你的父亲还需要它呢。"我在旁边脸有点红了。今天，我见到了真正有代表性的东北人了。

我的朋友也不知道说什么好了。一把把她拉到跟前，紧紧地抱住了她："你真好！"这是他此时说的唯一一句感谢的话。

我们下楼去了，向停车的方向走去，她说："我不送你们了。"说完就走回屋了。我很纳闷儿她怎么也不出来送送我们，禁不住回头看看，一下子看到了她也正把头探出来看我们，眼眶已经充满了泪水。我感动极了，这只有在电影和小说里才能找到的那种浪漫啊，可是我今天却见到了。我和朋友说："喂，你回头看看！"我和朋友一起回头，看见她正在向我们轻轻地摆手。这情景很像战争年代男人去当兵，女人依依不舍的情形。

在回去的路上，我对朋友说："哥们儿，你艳福真不浅啊。昨天晚上春宵一夜值万金吧？！"

他边开车边说："不像你想象的那样。我们的关系远比你想象的要深得多，也复杂得多。给我点一支烟吧。”我点燃了一支烟，然后递给了他。他告诉我，他们彼此很有感觉，但是都觉得不能走到一起。他们昨天晚上也都很激动，马上就要做爱了，她突然停了下来和他说：“我觉得我们不能这样，否则留给我的是更多的思念。如果思念多了而又得不到，那就是痛苦和折磨。”我相信朋友的话是真的。记得在一篇小说里还读过女人得不到肉体和心灵慰籍时是非常痛苦的呢。

我的朋友没有再说更多的话，默默地开着车，他也许在思考，也许已经开始思念那个女生了。而我也闭上了眼睛，脑子里就像在放一部电影一样。我看到了他们昨天晚上演绎的激情：她和他拥吻着滚到了床上，他迫不及待地扒光了她的衣裳。一束月光照在了她的身体上，雪白的尤物在他的刺激下不断起伏和扭动。正当他要压上去的时候，她的头好像被泼了一盆冰水，一下子清醒了。她坐了起来，披上了衣服说：“不能，我不能这样做。”

父亲的背影

今天我又把朱老的《背影》看了几遍。浮想很多，我想到了我的父亲，还有儿子。男人在孩童时只贪图玩耍不会理睬父母；长大以后便要忙于确立自己在社会的位置而无暇了解父母；到了中年又要为了生计而忽略父母的存在。那么一个男人需要多少年才能真正把父母时刻放在心上，记住父亲的背影呢？

我也有一个和朱老父亲一样伟大的父亲。可是父亲在世的时候，我并没有珍惜这份情意，甚至还伤害过他。我是三年自然灾害的产物，那个时候每个家庭都以贫穷为荣。而我的家庭应该是光荣之荣了。我的母亲是一个英雄母亲，居然为我造出来了那么多的兄弟姐妹。父亲的月工资只有 50 多元，却要养活这么一个大家子。为了能挣一些生活费，父亲就让我去做一些扫地的工作，好挣点零花钱。很要面子的我死活也不肯去，当父亲扬起他的手逼着我去的时候，我突然说："谁让你们生我呢？如果没有我的话，钱早就够用了。"记得当时父亲把手停留在半空中，半天也没有放下来。晚上的时候，父亲走到我的床前，对我说："孩子，你要记住，你没有选择你出生的权利。既然来到这个世界了，你就要生存。"我那个时候总是觉得父亲是那么的严厉、冷酷和苛刻。

我的家是在一个高级知识分子云集的地方，这里有着全国最著名的摄影师、新闻记者、还有翻译家。班里绝大部分同学的家长都是高级知识分子，而我的父亲则是一个服务部门的普通职工。每当开家长会的时候，我是最尴尬的了。我们的班主任好像也是势利眼，看见来头大的就赶紧打招呼，而家庭条件一般的家长连理都懒得理。父亲如果去的话，简直太丢人了。一次我把学校发的家长会通知单藏了起来，父亲因此没有去成。有一天父亲发现了那张通知单，就问我怎么回事，我憋红了脸，什么也没有说。父亲心理很明白，知道我怕他在老师面前给我丢面子。我父亲又一次跟我说：“孩子，你也没有选择你父亲的权利。”他转过身走出去的时候，我看到他的手在擦拭着眼泪。父亲也想满足我那时候的虚荣心，可是在那个年代，他也无法选择他自己的路。

我虽然经历了文革，但是还是赶上了高考。那一年，当我拿着一个重点大学的录取通知书高高兴兴回到家的时候，看到的却是父亲不屑一顾的表情。我父亲对我说：“考上大学没有什么可骄傲的，路还长着呢。”别人的父亲都在为自己的孩子能考上大学而高兴，而我的父亲却泼冷水，我感到很不愉快。在我临去学校的前一个晚上，我发现我的桌子上放着一个笔记本和一个当时很时髦的塑料香皂盒。这些东西是我父亲从来没有给我们家任何人买过的礼物。我突然感受到了做一个父亲那种藏在心底的爱。

大学毕业后我留校当了老师。一天我高兴的跑回家，告诉家里我将公派出国读博士。听到这个消息后，家里的人都很兴奋。那个时候，家里有一万元就是大款了。如果能有公派出国的机会，无论是名声还是经济上都是一笔财富。而我的父亲不但没有说话，反而表情却很难看。不知道什么时候他出了家门。过了一些时候，从我房间的窗户，我看到了正在蹒跚行走的父亲。父亲正在提着两个塑料袋子，一个装的是蔬菜，另一个好像是肉。那个时候他已经上了年纪，加上身体又不好，走路的时候也要用拐杖了。我看到他又要提东西，又要拄拐杖，好像随时都要摔倒似的。一会儿他把菜串到拐杖上，扛着走；一会儿又放下来，提着走。他的背心似乎已经湿透了。我的眼睛一下子湿了，赶紧跑出去，把他和东西接回家里。母亲责怪父亲：“你让孩子们出去买东西就行了，还要亲自去。”父亲说：“孩子要出国了，我要亲自做他最爱吃的饭。他们哪里知道我要做什么饭？要买什么菜呢？”

晚上，父亲做了我当时最爱吃的馅饼。那天的馅饼是我至今吃到的最好吃的馅饼，这辈子也不会有人能做的比他做的更好吃了。可是在当天，我吃着如此好吃的馅饼竟没有和父亲说一句感谢的话。出国没有两年，父亲就辞世了。在我的办公室里，我看着不幸的家书，眼泪禁不住地往下淌。我后悔当时我连一句感激的话都没有和他说，让他知道这个孩子他没有白给拉扯大。

时间过的真快，转眼间，我已经是一个有十几岁孩子的父亲了。在做父亲的过程中，我越来越理解了我的父亲。对待自己的子女，父亲永远都是无私的。他会关注孩子成长过程中的每一点变化，每一点进步，同时也不会迁就错误而使之得意忘形。父亲希望得到孩子的认同和理解，哪怕是一句话，一个眼神。

我的儿子似乎和我有同样的经历，只是环境不同而已。儿子的学校是在国外的一个小城市里。由于地方比较偏远，华人并不多。在他的朋友圈子里，好像就没有黄皮肤的。有一次去接他回家。他说正在和朋友玩滑板。我说："那我去那里接你吧。"他急忙说："不用。"我敏感地想：我是否给你丢人了？我还是去了，但是在一个比较隐蔽的地方，看着他和朋友们兴高采烈的玩着，我的心也和滑板一样上下翻着。在车里，我想到了父亲那句话："孩子，你没有选择父亲和出生的权利。"这句话，我也应该对我儿子说。

由于工作的原因不能经常见到儿子。每次见到他的时候，都想他可以和我多住些日子。然而有一天，他跟我说："爸，我不住你那里了。"我说："爸爸希望你能陪我多住一些日子，我有时候可能寂寞，也可能枯燥。"谁知道他说："你这里没有我的朋友，我还枯燥呢。"我突然觉得儿子离我好像很远很远。

我不知道儿子什么时候才能理解一个做父亲的心情。有人说：一个男人要到 35 岁以后才能真正成熟。我相信我已经把我的前影，侧影，背影都留给过我的儿子，只是他要真正记得我的影子恐怕还要 20 年。

老侯

我这里说的老侯不是猴子的猴。老侯是我大学时代的同班同学，由于面相显老，故从 18 岁到现在一直都有“老侯”的美称。

30 年前我们不约而同地汇集到了那所大学。在迎新会上，老生们一个劲儿地鼓动新生表演一个节目，正在大家低着头想逃避这个关口的时候，只见一位瘦瘦的，大约有一米八三的大个子，“噌”的站了起来，说道：我给大家唱一首“牡丹之歌”。说完就走到台前，扯着嗓子高唱：啊，牡丹，万花丛中最鲜艳……

这个时候大家才有机会好好的打量他。他属于瘦长品种，皮肤黑黑的，特别是上身还穿着鲜红色的运动衣，脚上是一双衲底的老头鞋，一看就是农村考上来的。那个时候，浩然的《金光大道》被拍成了电影，看他这个样子，没有人不相信他就是那个电影中的高二林。这个土老帽，胆量还不小。我当时心理就是这么想的。

等到会散了，各班集中的时候，我才知道这个“土老帽”就是我们班的。他姓侯，名字不太好记，再加上他面相比较黑，大家说：就叫你老侯吧。他听后便是“嘿嘿”的一笑。也有不少人，从那以后叫他“牡丹”的，但都是在私下叫的。自从那次“牡丹之歌”以后，他的名声在校园很响，不少女生看到他，就悄声地说：快看呀，那个黑牡丹来了。

黑牡丹是黑了些，可是学习起来却非常厉害。入学的时候，他就是他们县的高考状元。学校开的高等数学可难倒了我们班中不少大哥哥和姐姐了（注：我们是恢复高考后的第三批考生，班中最大的是 30 岁，最小的是

16 岁），可是到了老侯那里，三下五除二，一会儿就把题解完了。后来居然给别的同学开起了辅导课。班里的人都投来了羡慕的眼光，“老侯”这个称谓也从开始多少有点贬义的味道变成了爱称。

系里开运动会，没有多少人报名。可是老侯却第一个填上了自己的名字。在农村有的是做农活的锻炼机会，但是却不像城市里的孩子们那样，从小就可以受到科学的指导和训练。跑 800 米的时候，他第一次穿上了钉子鞋，发令枪“砰”地一声，他就窜了出去，可是没跑几步就让钉子鞋绊倒了，一个跟头，脸就栽到了地上。场外的观众都倒吸了一口气。他抬起头的时候，满嘴都是红红的血，牙可能也掉了两颗。大家都以为他要退出了，可是他居然用袖口把嘴一擦，接着又跑了起来。他的这种精神打动了场上的每一个观众，都为他高喊加油。他嘴上的血也淌到了身上，衣裳染得鲜红。他已经不再是黑牡丹，而是真正的红牡丹。虽然比赛结果是倒数第一，但却是人们心中的冠军。

四年一晃就过去了，他的成绩优秀，理所当然留校做了老师。第一个月学校发工资的时候，他手里拿着五十多块钱，一口气跑到了邮局，全都寄给了在农村的老娘。大家都在担心他自己以后吃什么的时候，他说他还有学校工会发的好几十斤橘子，还没舍得吃呢。原来他就是要用这些橘子充饥了。一个月后，我发现他的脸色又青又黄的，估计就是吃橘子吃的。

毕业两年了，他也开始交上了女朋友。那个女朋友是从知识分子家庭出来的，又弱又小。他便拿出了他与生俱有的男人气度照顾她。那个时候由于卫生条件不好，营养又跟不上，很容易得传染病。结果，他的女朋友得了乙型肝炎。那是一种极为不容易痊愈的病，不少在交朋友的人，得之对方有病，就赶紧“拜拜了”。可是，老侯不是这样的。那天他知道结果了以后，推开女生宿舍的门，把碗袋往女朋友的桌子上一砸，说：“我今天就和你搭伙了。”

留校几年以后，他又被公派去当时的苏联留学读副博士。那个时候，也是前苏联最乱的时候，商店是空的，物质匮乏到了极点。而中国却是一派繁荣的景象。不少留学生都改行做起了中苏之间的贸易。不用说大批的，就是每次从中国探亲的时候，把中国的衣服，电器，卖给前苏联的朋友，你也能发大财了。而老候没有这样做，他的宗旨只有一个：国家花钱让我来学习的，那我就要好好的学习。而且学完了以后，他也就回到了中国，回到了他的母校。

几年前，听说他在他的领域取得了巨大的成就，出了专著，发表了无数篇论文。还被评上了教授，受聘担任了博士生导师。他已经是国家业内的重量级人物、据说他手中的国家重点研究课题就有十几个。如果应邀出去讲学或者做报告，单位小时的价格都是以千元来计算的。他的地位也已经今非昔比了。我想象中的他一定是西服革履，洋气冲天了。

前几天，由于一个偶然机会，我们终于在数年以后又见面了。哈哈，老侯还是老侯，乡音未改，性格率真，依然是万花丛中最鲜艳的红牡丹。

老黄家的那把菜刀

如果单从自然与人文结合的程度来讲，我一直认为英国的剑桥是英国最美的地方。所以每次来到英国都不会忘记去那里走走。其实我去剑桥的动机不单纯是体验她特有的魅力，还因为我的老朋友老黄的家也安在了那里。

老黄和我已经有 15 年的交情了。我们曾经在一个学校学习，一起创办学生会的刊物。学习毕业了，老黄扎实的学习功底和特殊的研究能力终于得到了认可，他居然被剑桥的一家高科技公司高薪聘用了。十年过去了，老黄的工作、生活双丰收，他在剑桥环境最好的地方买了一栋别墅。这是一个独门独院的别墅，一共两层，楼上是四个卧室和一个卫生间，楼下是一个大的客厅和厨房。后面是一个一百多平方米的后花园，总的面积怎么也有 500 平方米了。这在中国可称得上是豪宅了。这个别墅也成为了我每次去剑桥的住所。闲余时间我们就会沿着剑河走一走，先是去圣约翰学院、三一学院、克莱尔学院，然后一直散步到国王学院。我和他开玩笑地说："老黄，你这辈子知足吧！世界上有多少人每天都做梦来剑桥看看，可是连英国的国门都进不来。而你在这里有一份世人都羡慕的工作，还有一栋别墅，剑桥大学就和你们家的后花园一样，随时都能来走走。还可以坐在旁边的小咖啡馆里，品着上等的咖啡，欣赏着剑河的美景。这就是天堂的生活啊。"老黄连连点头称是。实际上，老黄的心一直是放在中国的。每年都要回中国的大学讲学，在允许的范围内，尽量把世界最先进的技术介绍给中国。

由于是老朋友，老黄自己亲自下厨做了顿丰盛饭菜款待我。他烤的猪排皮脆肉嫩，可称得上是天下一绝。他把猪排切成小块，整整齐齐地放到一个盘子里，然后端了上来。看见还冒着热气，满屋都弥漫着香喷喷味道的猪排，食欲大增。席间，我突然纳闷，老黄怎么就能把这些硬的和石头一样的猪排连骨头带肉切的那么整齐？没想到这一问竟然把老黄的话匣子打开了。

老黄说，这都应该归功于他那把菜刀了。那是在他结婚的时候，一个在军工厂工作的朋友用废钢亲自给他磨制出来的。那是一种特种钢材，主要是用来生产刺刀的。夸张一点，可以说是削铁如泥。一转眼，这刀已经跟了他二十多年了。

在英国利兹上学的时候，大家都是自己做饭。通常是几个学生合起来租一栋房子，然后共用厨房，共用洗手间。晚上五点多钟是最热闹的时候了。在那个时段，所有室友都从学校回来，挤在厨房里，边做饭，边聊天，有说有笑，大家交流一天里新的见闻。一天，他们居然都称自己手里的菜刀是最锋利的，争执不下，大家就要比试比试了。一个刚从国内来的室友拿出了一把刚从四川买来的刀，据说这是一家老字号刀店打磨出来的菜刀。那把刀果然是好，刀背发乌，刀锋是那种惨白的颜色，透着一种杀气。老黄也亮出了自己的那把刀。正好相反，老黄的刀由于是自己的朋友打磨出来的，除了刀刃有点光泽以外，整个刀看起来很呆板。室友一看，禁不住笑了起来："老黄，就你这把破刀，趁早收起来吧。"老黄也冷笑了一下："比试以后你就明白了。"老黄举起了自己的刀，室友也举起了手中的菜刀。说时迟，那时快，只听"当啷"一声，再一看两个人手中的菜刀，老黄的刀没有一点擦痕，而室友刀的中间却现出了一个大大的豁口。

从此以后，老黄的刀在留学生中间出大名了。这把刀居然成了老黄联络朋友、助人为乐的纽带。英国人一般不喜欢吃大骨头棒、肘子、猪蹄、猪头之类的，所以这些东西在英国就非常便宜。一个猪蹄子也就是 20 便士（相当于两元钱），一个整猪头才两英镑（相当于 20 元）。而中国学生却很喜欢吃。但是苦于没有工具，一直没有多少人敢买。自从知道老黄家有了这个锋利刀具，周围的邻居也开始买这些带骨头的肉了。男学生一般力气大，就把老黄的刀借过去，自己去剁。可是女学生就不行了，就请老黄过去帮助把这些骨头剁成小块。每当这个时候，老黄就提着那把菜刀跑到女生那里把骨头剁得有模有样的。

还有一次，老黄正在家做饭，突然一个室友跑进来，说他看见有两个黑人正在抢一个中国学生的东西呢。老黄听罢，又提起那把菜刀冲了出去。正好看见那两个黑人拉扯着中国学生的包，老黄二话没说，举起菜刀，摆了个中国功夫的姿势，大吼一声："滚开！"那两个黑人还以为是李小龙的徒弟，而且也不明白他手中到底拿的是什么新的兵器，吓得连滚带爬地跑了。这把刀又多了一个见义勇为，吓破黑人胆的美名。

说到这里，老黄起身把那把刀拿了过来。他爱惜地摸了摸它。情不自禁地感叹说："它跟了我二十多年了，我以后要把它当成我们家的宝贝挂到墙上。"

我把那把刀拿了过来，放在手里仔细地端详起来。这把拿在手里沉甸甸的菜刀的刀把已经被磨得油光锃亮。刀身变得发黑并微带褐色，而刀口却还是那样的锋利。但是再仔细地看看，上面已经有无数个小的豁口，使它略显愚钝，可是那正好是它二十多年来削铁如泥，逢凶化吉的见证。它从不张扬，一直默默无闻地履行着自己的职责，在关键的时候却又能显露出它坚韧的锋芒。这是一种菜刀精神，一种特有的菜刀精神。

我这时候又看了一下还沉浸在欣赏那把菜刀的老黄。十多年了，老黄已经不再年轻。他的鬓角也有了丝丝银发。原来足球运动员的体形也微微地发福。然而，他看起来更加沉稳、老练和厚实，那是一种不可多得同时又是一种可以依赖的力量。我发现老黄居然和这把菜刀是如此的神似。与其说是菜刀精神，倒不如说是老黄精神。就是靠着这种精神，老黄才能打下自己的天地，才能助人为乐，见义勇为。

我虽然很遗憾没有亲自见过老黄提着菜刀屡屡助人的情形，但是我却能想象的出来。因为那是一种精神，一种你一生都不会忘却的菜刀精神。

给你一百美金

究竟来过伦敦多少次了，我也数不清楚。然而每来一次都有新的感受。尽管伦敦的天气和顽皮的孩子一样说变就变，可是伦敦人依然如故。我这次又是陪中国一个商贸代表团访问英国的。由于对伦敦复杂的道路系统不太熟悉，经常会停下车来问路，结果遇到的英国人都是活雷锋式的人物，不管他们是正在路上漫步，还是急急忙忙的赶路，只要看到你迷茫的样子就会停下来，不厌其烦的把道路情况给你详尽地道来，那种认真投入的样子似乎要把你亲自带到目的地了。

偶尔我们会把车停在驻地的宾馆，然后乘地铁前往所要去的地方。这有三大好处，一个是可以了解伦敦地铁发达的交通系统。伦敦的地铁可以说是四通八达，15 条线路有序地交织在一起，为乘客提供了极大的方便。第二个好处是能够更贴近伦敦的百姓，了解普通人的生活。伦敦不愧是一个国际化程度极高的大都市。和在北京的公共场所很难见到纯北京人一样，在伦敦的不少场所很难遇到地道的英国人，最常见到的是东欧人、印巴人、黑人，当然少不了中国人。第三个好处就是不用开着车问路，还可以把停车费节约下来了。伦敦中国城的停车场两个小时收费 9 英镑，四个小时就是 18 英镑，非常昂贵。

我们就是乘坐地铁到中国城的。乘坐皮克迪利地铁线就可以到著名的莱斯特广场，虽然广场不大，却集中了大约有十家电影院，不少好莱坞和英国本土电影的首映仪式都在这里举行。而拥有数以百计中国餐馆的中国城就在这个广场的旁边。

在伦敦的地铁里，你经常会看到不少自由“艺术家”，他们有唱歌的，拉小提琴的，弹吉他的，也许是为了生计，也许是为了检验自己的能力，也许是让更多的人认可自己的艺术，不少人会到地铁里面的一个角落，把乐器盒子打开放在地上，然后拉开架势就开始表演了。他们不能偷懒，每一秒钟都要卖最大的力气唱歌或弹奏。因为你也不知道哪位乘客会喜欢你而奖励你的表演。伦敦的地铁非常繁忙，每天不知道会有多少乘客从他们的身边走过，不管你愿意还是不愿意欣赏他们的表演，他们都会进入你的视线，声音也会流入你的耳朵，此时，有些乘客就会把自己的零钱扔到地上打开的乐器盒子里面。

其实给钱的乘客什么样的心理都有。一部分是出于喜欢这些“艺术家”的表演；一部分是出于同情心；还有一部分是出于同族，或者同行，或者与表演者有一定关系的人。即使他们解囊相助，也不会太慷慨，多则几英镑，少则一个或两个便士。一天下来能有几十英镑已经很不错了，还是很辛苦的。我遇到了这种情况不少，但是好像中国人驻足解囊的人并不多，也许是在中国遇到过不少有组织要钱的，就把这些人和国内要钱的等同起来了。说不定中国艺人在这里唱几首日本歌曲反而能“挣”一些钱呢。

在我们出了列车走向通道的时候，前面传来了悦耳的女人演唱的歌曲，拐过一个弯，便看到了一个亚裔女孩抱着一把吉他正在边谈边唱日本歌曲，她近似完美的嗓音还是给我们留下了深刻的印象。在中国城的一家餐馆，大家坐下来后同时想起了那个很像中国人的女孩。在伦敦的地铁里，能看到亚洲面孔人的表演很少，而中国人的表演更是凤毛麟角。一个朋友说：“刚才的女孩是中国人吗？”另一个说：“不像，好像是日本人，唱的歌曲好像也是日本歌曲。”从另一个地方赶来和我们一起就餐的朋友说：“我觉得一定是中国人，我过来的时候，也看见她了。那时候，她好像唱的是中国歌曲。”

这时候，服务员端来了饭菜打断了我们的猜测。我们便把注意力转到

“吃”上了。吃完饭以后，我们在中国城附近又转了转。皮克迪利广场的霓虹灯非常有特色，据说这也是伦敦夜景的一部分。在我看来没有什么了不起的，中国各式各样的霓虹灯多了去了。而一位在伦敦很多年的朋友对我说：“这里的霓虹灯非常有特色。一是它起源很早。中国大量地使用霓虹灯技术也就是近几年的事情，而英国多年以前就开始了。当时应该是领先世界霓虹灯潮流的。再有就是它的技术含量，几百平方米的画面清晰度却很高，这一点很多国家的技术还达不到，即使是达到了，也因为成本太昂贵而放弃。另外，你再仔细看一看内容，虽然是广告宣传，可是设计理念却非常超前。所以每天还是吸引了成千上万的游客来这里欣赏这里的霓虹灯。”我又往上看了看，他说的还是很有道理的。

我们又回到了那个地铁站，准备乘地铁回酒店休息。走下电梯以后，我们又听见了那悦耳的嗓音。拐过通道以后，便看见了那个亚裔女孩，都两个多小时了，她还在那里尽心尽力地唱着，但是好像唱的是韩国或是日本歌曲。我看了看她的琴盒已经有了不少钱，但多数是一便士、两便士的铜板。我和我们一个年龄比较大的朋友说：“您要是哪一天再来伦敦，看到你的女儿正在这种环境下卖力地唱歌的话，您会有什么感受？”他没有说话，但是我看得出来他已经有些感伤。尽管我们已经走开二十几米了，我又拉着我的几个朋友说：“咱们再回去问问她是哪里的人吧。”

我们几个又走回了那个女孩子演唱的地方，我毫不犹豫地掏出了两英镑的硬币放到了她的琴盒子里面，正在表演的女孩冲我微笑表示感谢，要知道我给的可是在她琴盒子里面价值最大的硬币了。等到她唱完这个曲子以后，我问她：“Are you Chinese?” 她用中文回答说：“我是中国人。”我们之间的距离立即拉近了，我的一个朋友好像还不相信这里会有中国人在这种地方表演，就说：“你能给我们唱一首中文歌曲吗？”

“可以，当然可以，”她说着便把吉他的节奏加快了，唱起了那首曾经很流行的歌曲《两只蝴蝶》。朋友很激动，从兜里掏出了一张 100 美金的钞票放到了她的琴盒子里了，然后说："姑娘，以后别再唱日本歌曲啦。"

那个女生边唱着边点头，她的眼睛里面已经充满了晶莹的泪水。天下还是自己的同胞好。我们离开了，身后面那首《两只蝴蝶》随着离开距离的增加而慢慢消失，但是我们相信，那个女孩心中的两只蝴蝶已经开始飞了，一只在飞向我们，而另外一只正在飞回中国。

你遇到过这样的人吗？

人生最大的乐趣在于你得到了你想要得到的东西；人生最大的悲哀在于你做了违背良心的事情；而人的一生中最让你心烦的是你遇到了你不想遇到的人。

那一天我要去远方的一个城市出差，京城的交通还是和往常那样拥挤，北三环的三元里立交桥永远就是个流动的停车场，是个死结。如果赶飞机，那个死结便是你看到的曙光，因为过了那个结，你就可以上高速公路而顺利的开往机场了。但是有的时候，这个死结的车会以每小时一公里的速度前进，那么误机也就在所难免了。

我就是赶上了三元的死结，出租车的速度居然比蜗牛还慢，眼看离飞机起飞的时间还有四十多分钟了，再不能上高速公路就要误机了。我急得脑门儿上都渗出了汗水。谢天谢地，车终于上了高速公路，我是最后一个登上飞机的。这架飞机是一架大型客机，也许由于我是最后一个，居然给我安排到了最前面的座位，我左边和后面的座位都没有人，而右边是一个身穿西服，带着白金边眼镜，大约有35岁左右的男人。不仔细看，还以为是说相声的那位“大兵”呢。看着漂亮的空姐过来嘘寒问暖，享受着少有宽敞的环境，我满足极了，随着飞机马达的轰鸣声，我闭上了眼睛。

“小姐，给我拿一双拖鞋。”这是谁啊，竟然在这里吆喝。我扭头一看，居然是那位衣冠楚楚的先生。我们国人说话声音都大，这点可以原谅。不过我坐飞机已经无数次了，我记得只有我在头等舱和公务舱的时候，才配备拖鞋的。可是我和他现在是在经济舱，拖鞋是不配备的。一位空姐还是走过来说："我看看有没有吧。"没过多会儿，她就把一双质地还不错的拖鞋交给了他。那位先生脱下了脚上的鞋，套上了那双拖鞋。看他那副得意的样子，我有些不悦，怎么连一声"谢谢"都不说。穿西服也有不懂礼貌的啊！也许是忘了说了，原谅他吧。

飞机进入平飞以后，一种异味从右面向我徐徐飘来，那是一种酸臭令人窒息的味道，我立即意识到是从西服先生的那双臭脚传过来的，禁不住拿衣领捂住了鼻子。味道暂时被割离开了。就这样我一手拿着报纸看，一手揪着自己的领子。不知道过了多久，我的耳边又传出了"呲，呲，呲"嘬牙花子的声音，听着那种犹如毒蛇在吐舌头的声音，我的牙都要酥麻掉了。顺着声音，我扭过头一看，还是那位西服先生！他正在用舌头使劲嘬着牙缝，嘬完以后再空空的嚼两下，又嘬几下……一付享受得要死的样子。我想把我的耳朵堵上，结果脚臭的味道又上来了；而把鼻子捂上，那种烦人的"呲呲"声音又传到了我的耳朵。

到了吃饭的时间了，随着空乘不断地询问："鸡肉饭还是牛肉饭？"的声音，机舱里也活了起来，饭香的味道暂时盖住了臭脚的味道，而机舱里的骚动声音早就把那种可恶的"呲呲"淹没了。

在我的印象里，飞机上面的饭都是应付人的，一般都不如五元的盒饭好吃。可能是今天我有些饿了，居然也香甜的吃了起来。忽然，我右面又传来了有节奏的吃饭声音，先是"咯咯"的咀嚼声，然后是上下嘴唇"叭叭"的声音，接着便是"呼呼"吞食的声音，如果不是我看见那位西服先生在吃饭，我还真以为是一头猪在吃食呢。

西方人可能是最不文明的了，可是吃饭的时候却非常虚伪，他们总是用最锋利的刀叉把肉切成一小块一小块的，轻轻地往嘴里送，然后要闭上嘴，一定不要张开，轻轻地咀嚼食物以后再咽下去。我曾经和同行的英国人一起吃饭，那时我吃起来都是狼吞虎咽的，抬起头来以后才发现别人都用那种眼光在看着我。“我这样狼吞虎咽的是不是让他们觉得我们中国人穷，整天没有饭吃啊？”从此我也就养成了吃饭一定不能发出特大声响的习惯，后来每当听到别人吃饭发出那种“咯咯，叭叭，呼呼”的吃饭声响以后，就再也不习惯了（看官，你看完这篇文章以后可以留意一下你周围的人吃饭的习惯，看看是否和我有同感）。当然，我们要看在什么环境下注意这些问题了，如果温饱问题还都没有解决呢，讨论这些问题就是扯淡了。

我实在忍耐不下去了，就站起来去洗手间，其实是不想再多听那位西服先生吞食的声响了。我回来以后，发现他已经吃完饭了，并且把笔记本电脑拿了出来，似乎要准备工作了。我长舒了一口气，终于可以安静一下了。我也把电脑拿了出来，准备完成一个比较急的工作计划。这个计划考虑的因素比较多，需要严谨一些。我看着电脑的屏幕，陷入了思考。不知什么时候，我的思路被一阵阵“嗖嗖，咣咣，轰隆隆”的枪炮声打断了，这次我不用回头就知道又是从这位西服先生那面传出来的声音，原来他在打游戏呢。看着他那种专注的样子，真不忍心打扰他。他本来可以带着耳机自己享受的。

我合上了我的笔记本电脑，西服先生的行为和形象在我的脑中挥之不去。他的外表很可爱，他也许是那种不拘小节，可以做肝胆相照的侠义朋友，然而他就缺了那么一点。据不完全统计，中国的人口总量正向 15 亿人的目标逼近，那么我们为什么要活在这个世界上，如果活，怎么活？我总觉得一个人活的最高目标就是做一个对社会有用的人；而最低目标就是做一个不让别人讨厌的人。而真正做到这两点的人并不多。

这时，忽然从右侧隐隐约约又传来了一股股恶臭味道，接着便是一连串的放屁声。天哪，这次我彻底晕了……

英国的鬼

由于有点急事，几天前又从北京飞到了英国。应朋友的邀请，我就在他们家里住了下来。朋友的家是在约克夏的一个小镇里面，而小镇就坐落在一个峡谷之上。从他们家的阳台往外看，一幅油画便尽收眼底：绿色的峭壁之上是一个已经有上千年历史的米色古堡，之下便是著名的欧斯河。平静如镜的河面上有几条随意游弋的小船。最摄人心魂的还是那座横跨两面悬崖的铁路桥了，是它使整座小镇活起来了。

朋友家里的墙上挂满了展示这里风景的油画和照片。由于他们家的位置显著，几乎所有的照片和画中或多或少都有他们家那座小楼的影子。其中有一张照片就是英国女王丈夫菲利普亲王在他们家前留影的照片。可想而知，在这样一个房子住一个晚上是一种什么样的享受了。看看他们家周围那种如诗如画的意境，再打量一下这座三层小楼，我想就是中国总理级的人物也未必能有这种享受。

也许是为了烘托气氛，也许是我多说了一句："英国晚上还挺冷。"女主人即使是在这样的夏季也居然把厅里的壁炉点燃了。向外一点点舔着的火苗，就像一条条火红的舌头，一会儿就把整个客厅吻的温暖起来。

晚饭后，我们每个人手里都端着各式各样的酒杯，围坐在壁炉周围，聆听主人给我们讲这个房屋的历史。这是一个拥有三百多年历史的老房子，很早以前是一个达官富人的居住地，后来这里改成了一个酒吧。据说当时的生意很好，每天都有各种各样的人来到这里聚会喝酒。主人心地善良，以酒交友，方圆百里无人不晓。后来不知道是什么原因，酒吧的主人相继死去，他们的后代又经营不善，所以又改成居住用房卖了出去。我的朋友至少是这房子的第十代主人了。

听到这里，我看了看表，已经11点多了，窗外已经没有任何噪音，除了朋友兴致勃勃地谈论以外，整个房子静的和死了一样。突然，我的朋友把谈话引向了比较悬的方面，特别是鬼的话题。我从来不相信鬼这个东西，但是一听到这个话题，禁不住打了个寒颤。他非常严肃地说："我们家就有鬼。"他的太太也一脸认真地跟着点头。

"你见过吗？"我不相信地问他。

"我们都感觉到了"他接着说："有一天我们家的猫，半夜三更突然冲着墙角龇牙咧嘴大声地叫了起来，我们立即看看墙角有什么东西，一道青烟划了过去。我们打开了灯，结果什么也没有看见。我们觉得那一道青烟可能就是鬼飞走的痕迹。"

他的太太也附和着他说："还有一次，我们都在楼上睡觉，突然楼下客厅里的音像全打开了，激烈的音乐充斥着大厅。我们的猫也立即把耳朵竖了起来。当我们都跑到楼下的时候，音乐还在放着，可是没有发现任何人，因为所有的门窗都是锁着的。"

看他们那种认真的样子，我也开始跟着他们的思路走了。朋友补充说："就是在上周的一个晚上，我们睡了以后，我的太太半夜突然推醒我，小声地说：'你仔细听。'卧室里异常的安静，这时候就听见楼道里'咚、咚、咚'非常沉重而又类似脚步的声音。这种脚步声音越来越近，我的太太屈卷到了我的怀里，我们第一个感觉就是有人夜闯宅门，入室盗窃。我随手抄起一根木棍，把灯打开，大喊一声：'别跑！'接着，我就冲出卧室，结果根本就没有人。我们把所有的房间都仔细检查了一遍，什么也没有发现。我们相信这就是鬼，那天所有的门窗都也是锁的结结实实的。"

这时候壁炉里的干柴“呼隆”一声塌落下来，我突然一惊，手里的酒杯差点掉了下来。我的朋友看出我有些害怕了，赶紧说：“你不用害怕。他们都是善良的鬼。不会伤害你的。你看我们在这里都住了二十多年了，和鬼一直相处得非常好。”

我实际上也没有怎么害怕，我本来就是一个十足的唯物主义者，根本不相信这个世界能有鬼。这时候已经夜里 12 点多了，由于时差的关系，我实在是困得不行了。我告诉他们我要睡了。

女主人把我带到了楼上的一个房间，说：“这就是你的房间，晚安。”

“晚安。”我目送她下了楼，然后随便洗漱了一下，就钻进了被窝。为了怕电话打扰，我还特意把手机关了。我很快就呼噜呼噜地大睡了起来。也不知道什么时候，我的手机突然发出了开机的声音，我一下子醒了，看见手机开了，屏幕还亮着。是谁打开了我的手机？我立即想到了晚饭后谈的话题，身上的汗毛都竖了起来。我赶紧把房间的壁灯、房灯、和台灯都打开了，什么也没发现。我开始相信这个屋子里真有鬼了，它似乎在和我开玩笑。外面一片漆黑。我看了看表，才夜里三点半，什么时候才能熬到天亮啊？

我这个时候又想起了我这两天在“才奕留学论坛”看的一篇文章。题目是《让你脊背发凉的10个故事》，其中一个是这样的：

> 宁小姐最近总是梦见同一个梦，梦里一个男人对她说，“你来嘛，你来找我嘛，我等你……”终于，宁忍不住了，于是问他，“你是谁?我怎么才能找到你呢?”男人说：“明天中午 12 点在 XX 公园门口的站台上来找我，我这里有一颗痣。”男人用手指着自己的下巴。
>
> 醒来后，宁匆匆找到自己的好友并把一切告诉好友，好友答应陪同她一起前往。中午 11 点 55 分两人在约定的地方等，却不见男人来，天气炎热，宁对好友说：“太热了，我到对面买两支雪糕，你在这里等我。”说完宁过街去了。就在这时，一辆车子冲了过来，一声惨叫……好友跑过来一看，宁已倒在血泊中。当打开车门准备把宁送到医院时，才发现这是一辆灵车，而车上的玻璃棺材中躺着个男人，男人的下巴有一颗痣……好友恍然，看看自己的手表，现在的时间是 12 点整。再探探宁的呼吸，已经停止了。

另一则是这样的：

萧先生的手机突然收到一则短信：“后天晚上 10 点。”谁这么无聊，他摇摇头，继续写他的文件。第二天还是中午的时候，他又收到一条信息，内容与上次的居然有些联系，“明天晚上 10 点”。萧索开始有些不耐烦了，他按照那个号码拔了回去，想看看是谁和他胡闹。“你好，你所拔叫的号是空号……”不会吧，他确认了一下号码再次拔了过去，结果仍然是空号。他没有多想，决定对这个短信不再理睬。

第三天，同样的时候，萧先生的手机短信照旧响起，打开信息，天哪。“今天晚上 10 点”这几个字符映在眼里，他马上照那个号再次拔过去，“你好，你拔叫的号码是空号……”机械的声音再次在电话那头响起，透着凉意。

萧先生今天正好加班。希望在 10 点之前把工作结束。7 点过后，大厦里面的公司都陆陆续续的关门了，写字楼里安静下来。8 点半，同事们都走了，只有他还一个人。他已顾不得任何事了，在电脑面前努力奋战着，直到手机的声音再次响起，又是短信！他心里一阵凉意，回头一看，还好，不是 10 点，而是正指 9 点，他松了一口气，打开手机“还有一个小时”。又是那个奇怪的号码！天哪！他索性关机，准备早早离开。他终于完成了文案。匆匆离开了这个地狱般的大厦，点燃一支烟，平静一下心情，穿过一条马路，当他走到中央时，手机突然响了，而且是死命的尖叫，天啊！不是已经关机了吗？萧先生愣了一下，马上停下来去找那个该死的手机，夜空划过，一个尖锐刹车声，他的手机在空中划了一个圆，落在一片血泊中。有个时间，永远停在了 10 点……

想到这几个故事，再加上我的亲身经历，我再也睡不着了。我索性把头埋在了被子里，不住地祈祷："鬼啊，你是一个善良的鬼。发发善心，别和我开玩笑了。"也不知道过了多久，有东西在我的被子上敲了几下，我吓得一下子坐了起来。原来是我的朋友给我端来一杯英国红茶。我一看，天已经大亮了。朋友告诉我已经快十点了。

吃过早餐，我和朋友说："谢谢你们的招待。我要走了。"朋友不解地问："你不是还要住几天吗？"

"不了，我今天必须赶到伦敦参加一个会。"我这次真的撒谎了。实际上，伦敦的会三天以后才开呢。但是，我心中有一种直觉在告诉我：千万别在这里过夜了！

我突然特别怀念家乡，怀念中国，尽管那里没有太多美丽如幻的风景，尽管那里还有这样那样的问题。我们家后面那条路，即使在夜里也依然车水马龙、嘈杂如市，虽然它不能给我一份安静，却能给我一种安全。

边看边写

《只有四个三明治，十二个人怎么分》

《与河阳古镇长唠唠嗑》

《中国最美丽的农村》

《去日本了。对不起，没能给你报仇》

去日本了。对不起，没能给你报仇

一直就想去日本看看。这次朋友为我办了商务签证。临行前不少朋友开玩笑地对我说："去日本一定要为中国人报仇啊？"是啊！日本人在中国做过多少坏事呀！烧杀掠抢，奸淫妇女。我希望自己是成吉思汗，带领强大的兵团，一夜之间，把整个日本后代都变成蒙古人，然后再把日本变为中国的殖民地，将过去给中国造成的损失，按照利滚利的方法全部偿还给中国人。

走出飞机，我看到每个日本女人都觉得不顺眼。看到每一个年轻男人都觉得很变态。看到任一老男人就嘀咕：这个人以前是否去过中国，是否糟蹋过中国女人？！

然而，我所遇到的几件事情，把我的这些不切实际的想法基本都否定了。而我却自觉不自觉地把日本和中国还有英国不断地加以比较，脑中被一连串的新问题填满了。我们都是亚洲人，为什么日本人具有一种特殊的精神？日本地少人多，为什么不显得拥挤？整个日本为什么那么干净？日本人为什么做什么事情都要精益求精，一丝不苟？日本经济为什么强大，其背后的原因是什么？还有很多很多……

在我出海关的时候，正在犹豫表格怎么填写，一位年纪在60岁左右的工作人员面带微笑向我走过来，然后用英语告诉我如何填写。我立刻对这里有了好感。从机场到市中心要有一个小时的路程，然后再坐地铁就可以到浅草地区了。我的酒店就订在那附近。出了地铁站，我向一个老妇人问路，她热情地解释了半天，也没有搞明白，最后是一脸的歉疚。一个男人走了过来，看了地址以后，让我跟着他走。十分钟后，他指着前面的酒店说：那个就是。然后向相反的方向走去。我还以为他是顺路呢，真让我感动。

这点和英国人比较相似。英国人也很帮忙，你如果问路，遇到好心的，有时候恨不得给送回家去呢。也许是人种的不同，和英国人总觉得有些隔阂。而和日本人却没有什么陌生感。

我住的浅草区是东京比较繁华的商业区，然而却没有大城市的那种拥挤。我以为只有东京是这样的，而在日本的那几天，我发现整个日本的大城市都一样。伦敦算是大城市病已经很严重的城市了，交通拥挤，污染比较严重，街道很脏，人很杂。北京的大城市病就更严重了。而东京却好的多。

中国的人口是 13 亿人，土地面积是 960 万平方公里。如果一半国土不适合居住的话，那么人口密度应该是每平方公里 271 人。日本的人口总数是 1.28 亿，国土面积是 37.78 万平方公里，假设整个日本都适合人类居住的话，人口的密度是 338 人。那么我们中国的人口密度比日本要稀疏的很多，为什么还显得那么拥挤呢？

可能有这么几方面的原因：

首先，中国的经济发展起步晚，就是算上 2008 年也只有 30 年的历史。小日本的经济发展可以追溯到 150 年前的“明治维新”运动了。那个时候，日本就信誓旦旦扬言一定要超过欧洲人，于是就搞中央集权，大力发展工业。日本人最终做到了，经济超过了欧洲所有国家。这点还要感谢日本，在亚洲，是日本人首先在世界站了起来，至少没有人再说黄种人不行了。经济的深度发展，使得行业分类越来越细，社会容量也就大了。

其次，日本人的性格非常细腻。做事追求完美合理。我住的酒店是三星的，前台告诉我房间里有网线，可以免费上网。我足足找了 10 分钟也没有找到网线。最后还是求助服务员，她上来以后，在墙上面的一块插版上，拽出了有 3 米长的网线。为了节约空间，插版和网线都是镶在墙里面的。再有就是日本的马桶，在比较小的厕所里面，马桶上面就有一个洗手池。当冲马桶的时候，上面的水也就自动流了出来供你洗手，很有创意。

在日本吃饭是很惬意的事情，都不拥挤。原因一个就是餐馆到处都是；另一个就是管理得很好。东京不少餐馆都有自动售票机，你看着图片，把钱塞进去，然后拿着票去取餐就可以了，快而便捷。很喜欢日本的套餐，搭配很合格。一份套餐有汤、面、菜，一般只要 600 个日币，折合 6 美金，人民币约 40 多元。如果和中国比较，有一些贵。而和伦敦的套餐相比，却便宜了一半。其实，在上海虹桥机场的一碗面还要你 60 元呢。

在日本购物也不拥挤，可能是商店很多的原因吧。日本有大而富丽堂皇的大商场，也有 24 小时都营业的小店，还有让人可以放心消费的小摊。比较适合家居的是 100 日元店，里面的东西全是 100 日元，物美价廉。

日本人也注意节约空间。我真服了日本人的停车水平了。不少家庭都有一个小车库，真不知道怎么 PARK 进去的。

说起东京的交通，也很让人头痛。这是历史遗留的问题，很多道路都是多年以前的了，再扩展已基本不可能。在高峰期的时候，道路很拥挤。不过日本的汽车里面都有卫星导航系统，并且有中央调控。它会显示什么路段堵车，什么地方不堵，通过哪个路段要多少时间等等，这样驾驶员可以调整自己的行车路线和时间。

在日本给我印象最深的是日本太干净了，不仅是大的地方还是细微的地方均是如此。街道上除了那些金黄色的落叶以外没有任何杂物。我一直在寻求这方面的原因，为什么日本人很干净，而一些中国人就不行呢？我估计日本人以前也不会这么讲卫生，这么干净，但是是什么契机让日本人开始干净了呢。了解了这些，也许我们可以借鉴一些。我个人认为这当然和日本的海洋性气候有关，但是最主要的原因还是人。

前些日子，我和一个朋友到北京密云的一个葡萄酒庄，半路我们停下车买了一个西瓜吃。然后我们问：瓜皮扔什么地方？瓜农说：我们这里不像你们城里人那么讲究，随便扔吧。看到满地的瓜皮，真不忍心再乱扔了。我还是放到了一个纸箱子里，尽管我明白一会儿瓜农还要再扔出来。

我们住在城里不少人也喜欢在外面乱扔东西，原因就是没有把这个城市作为自己的家，因为每个人的家都是很干净的。而中国还有 8 亿农民呢，他们其中不少人就是抱着这种态度——我们农村可以不讲究。这种自暴自弃的想法更可怕。难怪中国有 5000 年的辉煌历史，但是广大的农村还是那样。我日本的朋友要在鹿岛的农村买个房子，我也和他去了。那里的农村虽然有粪臭，但是那是地里面施的肥，而这里村子也没有垃圾，更没有看见漫天飞舞的白塑料袋子。

给我的另一印象就是日本人怎么那么认真，一丝不苟。回国前我买了一大堆吃的，换机票的时候，我被告知行李超重 8 公斤，要罚款几百美金。好心的机场工作人员很同情地给了我一个大手提袋子，意思是让我拿出一些，这样就可以不罚款了。我拿出了一些，估计还多出两公斤，如果在中国说个好话也许就可以了。可是那位同情我的日本小姐，无奈的只是摇头。最后多出不到一公斤了，她才满意地点点头。日本人呀，你为什么不灵活一些呢？也许这就是日本精神。就是这种精神，日本才得以强大。对我来讲，每个人都精益求精的话，这个社会就没有缝隙，就很实在。就像一块坚硬的石头，砸出去的力量就大。而一个有缝隙的社会，就像一块空心砖，既没有力量，又容易破碎。

同样是发达的国家，我觉得日本更适合人居，因为这个国家已经把人类怎么能在狭小的空间生活得更好，想得没有办法再周到了。英国的自然环境是日本比不了的，但是却不舒适。

如果抛去历史情结和语言等问题，仅仅从我对日本肤浅的了解和认识，我更喜欢选择日本居住。原因很简单，它很符合我们现在倡导的理念。全面来看，日本是一个和谐社会。

我想对我国内的朋友说：我去日本了，但是对不起，没能替国人报仇。不过我写了这篇文章，希望能带回来一些可以借鉴的经验。如果我们生活的质量比日本高很多，那不就把日本人全都气死了吗？仇自然也就报了！

中国最美丽的农村

很久以前，在一本画册上看到了一幅照片。那是一气呵成的黄金色调，中间几栋徽派房屋位于其中，远处有隐约可见的峰峦。我立即被这幅图画迷住了。看了又看，合上画册，闭上双眼，那种久久不能逝去的情怀涌上心来，“遍地黄花遍地金，屋映水中波粼粼”。我后来才知道这个如梦如幻的地方，就是位于江西北部的婺源。

其实婺源是一个原来隶属安徽的县城，辖众多村落。据说早期安徽的商人们赚了大钱以后，就来到了这里修房子、盖小楼、置办地产。因此，这里绝大部分的村落都打下了徽派建筑的烙印。那种白色的墙，灰色的瓦，予人以质朴，坦荡，简约的特征。无论是在绿色的夏季，还是在金色油菜花开满山野的春季，还是成熟的秋季，这种灰与白色相间的建筑群落总是能和大自然融合的如此和谐。这里农民绝不放过任何点缀景色的机会，他们会在小桥流水的村内种上几株果树和花草，开花时节，人们的脸也灿烂了。有的村民还会把红红的辣椒晒在簸箕中，也有的会在门前挂上几个红灯笼，那红色与那成片的灰瓦，还有白色的墙勾画出了一个美丽的乡村。

去之前并没有做什么准备，只想能在路上遇上更多的新鲜事情以便使这次旅行更有意思。从景德镇到婺源大约有两个小时的车程。婺源车站有不少类似五羊牌的私家车，他们争先恐后的要拉你去各村看看。我的车主既是司机又是导游，在他的带领下，我去了思溪，据说《聊斋志异》的电影就是在那里拍的。村口有一座老桥，那里好像是村民的活动中心，桥上有打牌的中年人，有打瞌睡的老头老太太，有要饭的盲人，还有摆摊的小贩，就是狗也在那里凑热闹，居然肆无忌惮地在桥上呼呼大睡。

距离思溪不远的地方有一个非常有特色的景点，那就是宋代建的彩虹廊桥。此桥全长一百四十多米，应该是我国历史最悠久、最科学、保存最完好的木桥。据说，这里雨后西边的山脊多有彩虹出现，与美丽的桥遥相呼应，所以称之为“彩虹桥”。也有人说这座桥就像一道彩虹，而由此得名。当地的百姓们称如果经常走过此桥，好运也会不断地出现。和我国其它地方的廊桥不同的是，这座桥并不华丽，根本就没有那些雕梁画柱的图画。那是因为建这座桥的初始就是认为木桥是需要经常修复的，如果搞一些不实用的刻字和画，根本就保存不下来。另外，为了缓冲河水对桥的冲击，桥墩也造成船形用以分流河水。同时桥墩和桥墩的间距也不一样，水流急得地方，桥墩间距就大。另外，距离桥墩50米处还修建了石坝，从而达到抬高水面，保护桥墩的作用。可以说这座千年木桥也体现了中国人的智慧，是世界上不多见的文化遗产。廊桥的对面是一个水车磨房，大大的水车，错落有致的石坝，还有这座千年古桥令人觉得这不是现实，而是一个梦境。

从司机的谈话里，我多次听到了“LiKeng”的地方。后来我知道了，这里有两个村子，同音不同字，一个是“李坑”，另一个是“理坑”。我先去了理坑，村口已经有不少的村民站在那里，他们都是村民自发的导游。一个村民带我们走进了村里，原来这个村里还真有不少故事。理坑原名理源，即理学渊源的意思。理坑的确出了不少官宦、进士和学士。据资料记载，这小小的村子居然有 36 人曾任七品以上官位，16 人为进士，九十余人为学士，可见村子的显赫。村子里的小巷很不错，那天，下着蒙蒙细雨，朦胧中，窄窄的巷子几乎看不到头。一些去写生的学生打着伞在那里习作。那种幽静，那种色调，那种古与现代的结合令人难以忘怀。也许由于婺源是朱熹的故里，所以这里自古以来就以读书为本，崇尚“读朱子之节，服朱子之教，秉朱子之礼”。

从理坑到李坑开车约一个小时左右，这里居然是另外一种风情，村子的中间是一条小河，小河的上面架满了小桥，小河的两侧则是林林总总的徽派民房。如果把你的眼睛蒙上，当你突然在村子中央睁开眼的时候，你会觉得这是苏州，因为小桥流水就是这个村的特色。然而，这个村子还有和苏州很多不同的特质。这里的民风很朴实，因为这就是他们几百年繁衍生息的地方；这里的一切都显得粗放一些，不像苏州、同里等地已经成为了旅游之地。可以说李坑是为旅游而生，而苏州、同里，周庄一带已经是为生而搞旅游了。这里仍旧保持着旧时候的传统，清晨，鸡刚打鸣，村里的妇女们已经早早的起来，到河边又是搓、又是捶地洗衣服了；傍晚时分，一些卖酒的小店点亮了红红的灯笼，把酒推介给来往行人。好奇之下，我走进了红灯笼底下的酒铺，卖酒的是一位清秀的姑娘，她说：你都品尝一下吧，喜欢了再买，米酒都是自己家酿造的。在城市呆惯了的人听到这些话还真感动，小村的人真是朴实，到这里便有一种到家的感觉。我也不客气，就把几种酒都品尝了一下，有杨梅的，当地药酒，当然还有米酒了。

我选了三种，各要了半斤，准备回小酒店和朋友们分享了。

我住的酒店就是一个村民的家，一共有 5 个客房，每个客房也就 60 元，房间里还有卫生间和空调，够奢侈的了。我拎着酒回到了酒店，房东早已炖好了热腾腾的土鸡汤，还有当地的特色菜——粉蒸南瓜、红烧鲤鱼，味道之甜美，至今回味无穷。

在婺源只停留了两天，这里的景色、人文、风土民情已经深深地刻在我的记忆里了。临走了，房东告诉我，这里最好看的还是每年的 4 月份，到那时节，金色的黄花都要开了。我脑中又闪现出了那张久违的画片，那满山遍野的金色油菜花，那白墙黛瓦的民房，那一簇簇的红杜鹃。如果有一天我解甲归田的话，我会选择定居婺源；如果命中还要让我马不停蹄的奔走，那么婺源的 4 月必定还是我的一个驿站。

与河阳古镇长唠唠嗑

“朱镇长啊”，怎么说起来那么疏远。还是称呼您“老朱”吧。

老朱啊，我可是不请自到的。先是从北京飞到杭州，接着坐了 4 个小时的长途车来到丽水市，然后又坐了 40 分钟的公共汽车到了缙云县城，从缙云县又搭乘 30 分钟的小公共。来之前听说从车站到您的家，步行只有 15 分钟，可是我坐的是三轮车还跑了 25 分钟。到您家真是不容易呀。看过有关您镇上的一些资料，虽然您的村子已经有一千多年的历史了，经过数次时代的变革与运动的洗礼，您的村落已经鲜为人知而成为了中国少有的还没有被开发的“处女古镇”。

为了和您套近乎，我还是叫您“朱老哥”吧。其实叫您叔叔，甚至爷爷也不过分，因为您现在代表的是一个有着千年历史的大家族。据说公元 933 年，您的祖先朱清源兄弟两个为了避乱，来到了山清水秀的缙云并定居下来。由于他们是河南信阳人，居然就把定居的地方取名为“河阳”。您的祖先们真的了不起，不仅重农，还重学。重耕积财，富甲一方。千年来，建造了十大宗族庄园式古民居建筑群，古祠堂十多座，房间共计一千五百多间。那些古农具，古家具，古董工艺品，古壁画，古诗词、古匾额、古雕刻让人流连忘返。您的祖宗真厉害，仅宋元两朝就曾考出过八位进士，形成《义阳诗派》。难怪明太祖还御赐两个“石礅”，他们现在依然在“八士门”的前面，据说当时所有的人路过此地，都要落鞍下马呢。

不过，朱老哥啊，作为敬仰您家文化遗产的一名老弟，我有一些话不知道该不该讲。如果不讲的话，心里老是憋得慌，所以听不听是您的事情，而讲不讲出来是我的事情。

朱老哥啊，我花了两个小时把您的村子大致走了一圈。我感到全村的人还是比较认可把村子当成一个新的旅游点的。村民也比较热情，从售票处和宣传广告上看，您还是希望把村子的旅游业搞好的。可是从一个外行人来看，您的村子在推广旅游业的时候，似乎还有些不尽人意。我是千万个旅游者中的普通一员，您知道我想看到的河阳古镇是什么样子的吗？我的想法可能不具备代表性，不过还是可以代表一部分人的。

朱老哥啊，首先您开发村里的旅游业需要资金。如果在一夜之内就把整个村子修理好，构成一个完整的古镇旅游区，那要至少需要 2 亿的资金。谁会冒这么大的风险投资呢？我觉得 5 年内没有人愿意这么做。原因很简单，古城的魅力还不够吸引人，而交通还不方便。目前慕名而去的多是那些摄影发烧友、写生实习的学生，还有一些研究历史的学者。要把旅游当作一种产业的话，就要吸引各种各样的游客。那么在资金资源不足的情况下，如何开发河阳的旅游业就需要有一个整体规划了。老弟我觉得应该分三步走。第一步，整理古镇内部。一会儿，我再细谈。第二步，几年以后有了一定的资金，整治河阳古镇的整体环境。第三步，改善古镇大环境。

其次，我想说的就是找什么样的人做您的智囊团了。我好像听说您请清华大学做了一个城市发展规划。我觉得这有点像用斧头砸花生，即大材小用也不实用。如果真的邀请有名学府做规划的话，我给您推荐两个大学。一个是擅长宏观开发的中国人民大学，另一个是擅长小城镇规划的同济大学。人民大学可以为您分析大的环境，在全国，甚至全世界范围内为您进行横向分析比较，找出您村的特色和问题，指出村子的今后发展方向。别忘了，中国人民大学还是全国经济研究最出类拔萃的，他们也许能告诉你集资和赚钱的办法。同济大学地处上海，很多专家学者对小城镇，特别是南方小城镇的开发和保护非常有经验。他们可以在微观上为您提供河阳镇的开发和保护建议。而清华大学也许设计丽水市的一个高楼大厦更合适。

朱老哥呀，我的第三点就是要谈谈我的具体设想了。我也按照八股的形式列出以下几点建议供您参考：

（1）要强调村子的整体性，要有一气呵成的感觉。例如，游客期望看到的是清一色的灰色建筑群落，那么我们就要突出这个特点。可是我看到的竟然是五颜六色的建筑，有红砖的，还有白色瓷砖的建筑，非常不协调。老哥呀，这使我很失望啊。我大老远地来到这里，看到的就是一个有几所老房子的普通农村。所以呢，既然村民都同意搞旅游业，那么村里就要规定，以后凡是盖新房子的，一律要以灰色调为主。其它颜色的房屋，村委可以建议他们改一下，如果没有资金的话，那就用灰色的涂料。总之，一定要强调整体性。

（2）选择一个合适的地方搭建一个 10 米左右的摄影高塔。现在的游客水平已经提高了很多，他们已经不满足只留一个影了。更多的人有了数码照相机，随着审美水平的提高，还有了创作的欲望，他们希望能站在最高点，把清一色的古城拍下来。河阳古镇有得天独厚的优势，有青山，有绿水，有金色的稻田，有红色粉色相间的荷花，还有大面积的灰砖灰瓦，河阳古镇本身就是一幅美丽的图画。如果摄影台搭建起来，更多的游客会把美丽河阳的照片展示给自己的亲朋好友，越来越多的人会慕名而来的。搭建这个高塔如果是木制的，成本不会太大，以后随着游客的增多，可以适当地收费。

（3）开发小工艺品商店。普通游客来到这种小镇旅游都要买一些纪念品送给亲戚朋友。可是我来到您村子，只看见一两个小摊位卖带有一些特色的纪念品。我觉得您应该发动村民把自己家的绝活都拿出来，比如编织稻草人，用竹子或木头制作古家具和古农具模型。您村的那台织布机有几百年的历史了，找人做成精致的小模型，也让我们这些城里人的后代看看我们以前的祖宗有多么伟大。我走在小巷的时候，探头探脑的向不少的院子里张望，看见闲着的人不少，他们都在打麻将，聊天。老哥，河阳剪纸不是很有名气吗，我建议您去找一下剪纸的工匠们，让他们办一个班，把剪纸的一般手艺传给村民。这样，游客去了河阳镇就可以买到草编，竹编，香包，剪纸等纪念品了。

（4）开发有特色的小吃。朱老哥啊，那天我去您村子的时候一路颠簸，根本没有时间吃饭，当时我饥肠辘辘，却在整个小镇找不到卖小吃的。远处的一个院子里传来了阵阵炸炒芝麻饼的香味，我恨不得跳进去，全抢过来吃了。我真不知道河阳有什么特色小吃，但是一个拥有一千多年历史的小镇总得留下来一些吃的文化吧。我印象比较深的是成都黄龙古镇，那里的吃的真丰富，有当地的鱼，野菜，豆花，还有一种当地产的麻糖，我用美食填饱肚子以后就买了二十多盒礼品麻糖，回来以后逢人就送上一盒。于是，我的不少朋友就知道了，原来成都附近还有一个黄龙古镇啊。所以，村长老哥，这不是一个简单吃的问题，而是一个能够弘扬古镇文化的一种重要的方式。

（5）讲究卫生。我提出这点要求不完全指的是俺们的小镇。这是一个普遍性问题，全国都有。随着我们国家经济的发展，百姓的生活水平也都提高了，大家也有条件讲究卫生了。而能出来旅游的人，大部分是家庭条件不错，对卫生有一定要求的人。我穿梭在小巷的时候，从很远的地方，凭着飘来的味道就可以准确判断出厕所的位置。还有不少村里院子里太乱，黑乎乎的，不像是有着一千多年历史沉淀的古镇。

（6）可以搞一些民俗表演。游客多有猎奇的心理，现在全国的旅游点都推出了不少新的花样吸引游客。咱们村也应该推出一些有特色和可以让演员和游客互动的表演项目。例如朱家最早结婚采用的是一种什么样的形式，可以让演员和游客一起表演。另外，当时朱家的人考取了进士以后，村子里的人是怎样庆祝等等。还有，河阳镇到畲族的聚集地很近，可以请他们来到镇里，每天晚上都有篝火表演，畲族人和游客一起载歌载舞。您还可以制作几套过去进士们穿的衣服，游客可以和这些假“进士”一起合影，也可以体验一下作进士的滋味。

以上的几点建议都是不需要花大钱就可以做到的。所以我也用一下文气的字眼，那就是近期发展规划应该做的事情，估计一至两年就可以完成吧。如果有了一定的回报和一定的资金以后，那就可以考虑中期发展规划了，也就是怎么能把整个镇子作为一个整体来开发。朱老哥，这方面我倒是有个不错的想法。一个是要充分利用河阳镇旁边的那条河。能有河水，这是你朱家的福气。在山西有多少富家大院由于缺水而少了灵气。我考虑是否把河岸那侧的民居都修改成小商店和餐饮，道路全部铺上青砖，整个沿河街道都悬挂起红色的灯笼。白天灯笼可以为古镇添色，而入夜，红色的灯装点着犹如浮在水面的小镇，那将是一个既富有诗意而又浪漫的意境。

关于资金问题，对于有一定经济能力的家庭，他们会看到这个商机的。搞餐饮或小商品店，既可以赚钱又可以解决家里人就业的问题，他们都会同意这样做的。而对于没有能力的家庭，村里可以和投资商先把这些河岸附近的房屋购买或租下来，按照统一的风格装修以后，再出租给原来的住户经营，如果暂时付不起房租，可以采取先使用，后付房租的经营方式。总之，要让这个小镇在风格上有一气呵成的感觉。

开发小镇的第三阶段就是长期发展规划了。这个阶段在古城的内部要进行大量的恢复和修复工作，而在宏观上要修建公路，解决来河阳镇的交通问题。朱老哥啊，说实在的，这点您可能就无能为力了，因为您只能站在河阳镇的高度，而全盘开发缙云县的旅游，全面开发丽水市，乃至浙江省的旅游，就要看各级政府的长期计划了。如果有一天，开发河阳镇的旅游被提到了议事日程，政府将投入大笔资金改善这里的交通和周围环境的话，这无疑等于您中了六合彩。随着浙江省旅游业的发展，我想您距离中六合彩的日子也不会太远啦。

老哥啊，可惜我没有能在您的古镇里多逗留几天，否则的话我会对您的古镇了解的更多一些，和您唠嗑的内容也会更深一些。好了，我就此打住了。五年后我会再去河阳古镇，到那个时候，我希望从您未来的古镇里看到我今天留给您的一丝墨迹。

你忠诚的老弟

阿金

只有四个三明治，十二个人怎么分

国内来英国的商务考察团一般都是先把项目谈完，接着开始在英国旅行。我总是建议他们按“工”字的形状来安排旅行计划，即把整个英国看做一个“工”字。底部是以伦敦为中心，然后分别向左右延伸。向东则有利兹城堡和剑桥大学城，而向西有温莎堡，牛津大学城，丘吉尔庄园，巴斯和巨石阵，这样底部就形成了一个不规则的横线。而向上面按照 M1 高速公路和 A1 准高速路一直向北一直到爱丁堡延伸，就是一条长长的直线，沿线有莎翁故居，约克市等，这就构成了“工”中间的竖线。从爱丁堡向左延伸一直到格拉斯哥又形成了一条上面的横线，一头是商业和工业比较发达的格拉斯哥，另一头是著名古城爱丁堡。如果时间充裕的话，再去“工”字以外的旅游区走走，例如湖区，尼斯湖。

前几天，国内朋友组织了一个 12 人商务考察团，基本就是按照这个路线走的。闲暇之余我带朋友去了苏格兰。由于时间比较紧，游览基本是走马观花，没有太多的时间休息和吃饭。中午也只是买个三明治填一下肚子。由于倒时差缺觉，再加上没有吃太多的蔬菜和水果，很多团员都上了火，满嘴起泡。

这天中午，为了节约时间，我就带他们到了附近的一个小三明治店，结果店里面只有 4 个长条的三明治夹有蔬菜，其余的只剩下奶酪的三明治了。团里的每个人都想吃这四个带有蔬菜的。我和大家说了情况以后，把四个蔬菜三明治拿了过来，没想到大家同时伸手，手长的四个人就拿到了这四个带有蔬菜的三明治了。我说：“你们四个人能否把你们的三明治分开，让别人也能吃到。一会儿也让别人把奶酪三明治分给你们一些。”我话音未落，就看见这四个人已经一大口咬下去，恨不得一半已经没了；其中一个男生，则这边咬了一口，另一头也咬了一口。意思是说，我都吃了，没有办法给别人了。

看到这里，心情超级不爽，不就是少吃一口菜吗，为什么要那么自私？如果仔细分析一下当时可以吃三明治的情形，可以有以下三种情况：

（1）主动吃了带有蔬菜的三明治；

（2）分一部分给别人，再把别人的分给自己一部分吃；

（3）主动吃奶酪三明治。

这三种吃法反映了一个人的基本素质和心态。第一种，很明显属于自私类型。人都是自私的，“人不为己，天诛地灭”。不过人毕竟有别于其它动物，是具有社会属性的高级动物。因此，这种人居多的社会终将会导致自相残杀，最后可以到人吃人的地步。目前在中国大有向这方面发展的趋势。人们目前很崇尚“上善若水”的信条，国内的交通和商界以及政界都一样，哪里有机会，大家就往哪里去，最后还是少数人得到了实惠，结果造成贫富不均。

第二种是追求一种心里平衡的心态，既不想吃亏，也不想占别人的便宜。目前的西方社会的百姓基本就是这种为人处事的心态。我也曾和英国朋友在资源不充足的时候共餐，结果大家都是拿自己应该得到的部分，而不属于他的，基本没有非份之想。这种社会就如每个人先把自己修正成为一个不要求多也不要求少的一个方块，而由每个方块组成的社会，依然是一个方方正正的社会。这就最大限度的控制了社会资源的分配不均以及贫富差别。

第三种是一种大公无私的心态。能够达到这种心态的社会必然只有两种情形：一种就是靠某种精神来维系的社会，例如文革前的中国社会。其实不少人也是自私的，牺牲一时的利益以获取更多地政治资本，例如入党、得到表彰等等；另一种就是具有丰厚的资源以及高度的物质文明。资源充足了，人的觉悟自然就高了。在北京开车最痛快的时候，就是在春节期间，那是因为流动人口都回家过年了，在京人口可以减一半。道路也宽了，偶尔还会遇到有人主动给你让路的时候。

国内的厕所基本上是不提供免费手纸的，那是因为资源的不足，因为会有人往回家拿。如果物质充足，拿多少，你就放上多少，估计就没有人再拿了。

目前我国还是一个物质匮乏的国家，而众多的人口又加重了资源的奇缺程度。如果让现有的社会达到一个无私的社会，基本上是天方夜谭。那么中国的社会是否可以向一种平衡的社会引导呢？我觉得还是可以的。但是关键问题就是要约束人们攀比和追求物质的欲望。我们也可以像西方社会一样把每个人都做成一个方块。当前我们国家国力和资源都不足，那么我们就力争把每个人的方块做的小一些。

回到刚才的三明治问题，其实也是我犯的错误。如果我当时让那位卖三明治的波兰大妈把带有蔬菜的四个三明治现切成 12 份也就避免分配不均了。

后记

人的知识结构可以粗分为两类，一类是为了生存而积累的专业技能知识，例如工程、金融、医术等等，一个人这类专业知识越是丰厚，那么驾驭这个行业的能力就越强，在社会上生存的就可能更好；另一类是为了丰富自己生活而积累的非专业知识，例如天文、地理、历史、文学。这类知识掌握得越多，那么就更能充分地享受人生。毕竟人的一生不仅仅是为了生存而一味地工作。当然，这两方面的知识的作用也是相辅相成的，专业知识丰厚意味着你有积累物质财富的能力，而广博的非专业知识会使一个人能够综合地宏观地判断某个事件，对处理专业上的问题具有方向性的指导作用。然而，用毕生的精力只潜心专攻专业知识，会使生活少了情趣，而疏于专业知识而一味地积累非专业的知识，多少有些不务正业，玩物丧志的味道。

经过 18 年的苦读，自己也能称得上是区域经济研究方面的专家了。区域经济所解决的问题，无非是把经济问题落实到地域上来解决。例如如何按照经济规律调正一个地区的产业结构才能使一个区域的经济高效率的发展，选建一个大型商业综合体的位置应该采用什么方法等等。而随着年龄的增长，发现自己积累知识的兴趣开始向非专业知识转移了。这么多年来，本人已经形成了一个固定的知识积累和产出的模式，即行走-摄影-查资料－写日记－发表（杂志，网上发帖，发行出版）。没想到这种模式以及自己的心得和体会也得到了社会广泛的认可。所以，我以为一个人的知识结构随着年龄和阅历的增加会转化的。年轻的时候，为了生存，当然要多多积累专业知识；而到了一定年龄，生存已经没有多大问题，那么非专业知识的积累就显得非常重要了。如果要是量化一下的话，40 岁应该是一个临界值，之前以积累专业知识为主，而 40 岁以后，则应该转化为以积累非专业知识为主了。这样的一生才会更加充实。

那么反映非专业知识的文章必然是杂而无序的。它也可以大致分为两类，一类就是出自于专业作家手笔的作品，其文体严谨，辞藻优美。另一类就是通俗作品，这类文体比较散，涉猎内容广泛，读起来却犹如和作者正在聊天，那种娓娓道来的感觉会让读者废寝忘食，一口气将之读完。这本《阿金文集：有了你，从此不再孤单》就属于后者。

书中的有些部分也把中国国情和西方发达国家做了比较。如果有列出我国还有很多不如意的地方，而艳羡西方国家好的一面，这和'汉奸''崇洋媚外'等等是没有任何关系的。相反，找出这些差距，也就为中国下一步怎么发展提供了方向性的参考建议。例如，我一直就认为中国的国情和日本的很相似，同样都是地少人多，人种也类似，那么中国下一步的发展就不能像美国一样的大手大脚，应该建立在如何充分利用资源，节约资源的角度考虑今后的发展问题。另外，英国在旅游资源管理和开发方面也有许多值得我们好好研究和学习的地方。

就像在《序》中所言，本书就是为朋友而写的。所谓朋友，就是指过去的朋友，现在的朋友，以及还没有机会成为朋友的朋友。《有了你，从此不再孤单》也是说每个人有了朋友，从此不再孤单了。

阿金

2011 年 9 月于北京